Sina Blackwood

LEIDENSCHAFT IN SIRMIONE

Nick & Lynn 3

AF188876

Bibliografische Informationen der Deutschen Nationalbibliothek:
Die Deutsche Nationalbibliothek verzeichnet diese Publikation in der Deutschen Nationalbibliografie; detaillierte bibliografische Daten sind im Internet über http://dnb.de abrufbar.

© 2. Auflage: Oktober 2024

© Coverbild: Sexy couple celebrating Christmas
© Vasyl

Umschlaggestaltung: Sina Blackwood
Layout: Sina Blackwood

Verlag: BoD · Books on Demand GmbH,
In de Tarpen 42, 22848 Norderstedt
Druck: Libri Plureos GmbH, Friedensallee 273,
22763 Hamburg
ISBN: 978-3-7519-0169-7

Inhaltsverzeichnis

Flugzeuge und fliegende Augen

Es ist erst ein paar Tage her, dass Lynn direkt zu Nick in die Wohnung gezogen ist, wobei sie den durch Mario Bianchi, alias Medea Tozzi, geraubten Schmuck entdeckt hatte. Dass es ihr überdies gelungen war, den Verbrecher an die Behörden zu übergeben, feierten betrogene Männer in drei Ländern, denen der geniale Travestiekünstler als vermeintliche Ehefrau an Gut und Leben gegangen war. Der Reporter Marco Falconetti, von dem die Fotos stammten, nach denen Lynn den Heiratsschwindler entlarvt hatte, und dessen Namen sie ausdrücklich betonte, hat begonnen, das Buch über Lynn und Nick zu schreiben. Wobei er nicht vergisst, dass er ihnen als Dankeschön einen Trip zu den südamerikanischen Fledermaushöhlen versprochen hat.

Nick schwebt auf Wolke sieben, seit Lynn das Erste ist, was ihm jeden Morgen beim Aufwachen vor die Augen kommt. Die Ideen sprudeln, Stifte und Pinsel laufen fast von allein über den Malgrund. Lynn genießt den Zustand genau so sehr. Es macht ihr Spaß, für zwei zu sorgen, zumal ihr Nick jeden Wunsch von den Augen abliest. Lynns ehemalige Wohnung ist nun Handarbeitstreffpunkt, Schulungszentrum und Werkstatt in einem, wo auch Garne und Zubehör verkauft werden.

Ihre Schmuckkreationen werden mit Nicks Arbeiten zusammen ausgestellt und angeboten, was zu beiderseitigem Vorteil ist. Dafür besteht ein direkter Zugang von einem Teil des gemeinsamen Geschäfts zum anderen. Vater Vincenzo liefert Wein und Sekt für die Damenabende, Massimo springt oft mit kalten Platten ein, wenn es Lynn nicht schafft, die Häppchen selber zusammenzustellen.

Heute kam die ersehnte Mail von Falconetti, welche alle Details zur Fledermaus-Safari enthielt. Nick war bestens ausgestattet und drängte Lynn, mit ihm die Outdoor-Outlets aufzusuchen, ehe die Zeit knapp werde.

„Oh Mann! Wenn ich die Preise sehe, wird mir bange", stöhnte Lynn.

Nick grinste. „Ignoriere sie. Das Beste ist wirklich gerade gut genug. Ich möchte nicht, dass dir irgendwas zustößt, nur weil wir am falschen Punkt gespart haben. Atmungsaktiv, wasserdicht und bequem muss alles sein, was du zum Anziehen brauchst. Vor allem die Schuhe müssen absolute Spitzenqualität haben."

Das leuchtete Lynn ein und so befolgte sie seine Ratschläge, ohne, weiter zu murren. Nachdem sie einige Rucksäcke anprobiert hatte, merkte sie von allein, dass auch hier alles stimmen musste. „Ich habe trotzdem ein schlechtes Gewissen, wenn du alles bezahlst", stöhnte sie, als er seine Kreditkarte zückte.

„Na aber! Du bist die einzige Person auf dieser Welt, die sich deswegen gar keinen Kopf machen sollte", rief er. „Schon gar nicht, weil dieser Bianchi alle unberechtigten Unterhaltszahlungen zurückerstatten muss und genug gehortet hat, um das auch tun zu können. Jetzt bringen wir unsere Schätze ins Auto und gehen anschließend richtig schön essen."

„Bei Massimo?"

Nick hielt irritiert inne. „Du hast recht! Da waren wir schon seit Tagen nicht mehr. Auf zu Massimo!"

Lynn schmunzelte. „Da ist es richtig schön und wird uns allen guttun. Ich rufe ihn an, dass wir ein bisschen die Mittagszeit verpassen werden."

Den Jubelschrei am anderen Ende der Verbindung konnte sogar Nick hören und auch, wie Massimo erklärte, ihren Lieblingshäppchenteller vorzubereiten. „Ach wir freuen uns, wenn ihr kommt! Rosanna wird einen glatten Luftsprung machen! Bis dann!"

„Sie haben uns schon ganz sehr vermisst", seufzte Lynn.

„Wir machen es wiedergut", versprach Nick. „Nach unserer Reise werden wir jede Woche einmal ganz fest zu Massimo gehen und die Seele baumeln lassen. Das hat er sich verdient und wir uns auch."

Als sie Sirmione erreichten, verdrehte sogar Nick mehrmals die Augen, bei dem Versuch, in ihre schmale Straße zu gelangen. Alle Touristen dieser Welt schienen am heutigen Tage zur gleichen Zeit in der Altstadt zu sein. Mehrere Gruppen blieben einfach mitten auf der Straße stehen und musterten den BMW, als käme er von einem anderen Stern. „Eine halbe Stunde für die paar Meter ist neuer Negativrekord!" Nick hielt direkt vorm Haus, um den Kofferraum zu leeren, dann kam er minimal entspannter zur Tiefgarage durch. Lynn wartete schon an der Straßenecke, als er endlich das Auto sicher untergebracht hatte. „Bloß gut, dass du angerufen hast! Sonst würden wir vielleicht nicht einmal gleich Plätze bekommen!"

„Mamma mia! Was für ein Tag!", stöhnte Massimo. „Wo haben sie bloß die vielen Verrückten raus gelassen?!"

Nick grinste. „So ähnlich dachte ich vorhin auch schon", während Lynn fragend schaute.

Massimo hob die Hände. „Es steht in mehreren Sprachen auf und in der Speisekarte, dass wir ausschließlich mit Naturprodukten kochen. Fragen mich doch heute tatsächlich einige Gäste, ob sie veganen Käse bekommen könnten!"

„Und was hast du den Letzten geantwortet?", schmunzelte Nick.

„Dass die Chemiefabrik ein paar Kilometer Richtung Verona ist und sie dort gern nachfragen können, ob man ihnen den gewünschten Chemikaliencocktail zusammenpanscht."

„Oha. Dann müssen es aber sehr viele gefragt haben", stellte Nick nüchtern fest.

Massimo war schon auf dem Weg zur Küche gewesen. Er drehte sich noch einmal um, spreizte die Finger beider Hände und hob dann den Zeigefinger, mit dem er sich an die Stirn tippte. „Elf! Bildung könnte denen vielleicht helfen."

„Ich habe ihn nie so frustriert erlebt", staunte Lynn und Nick gab zu: „Ich auch nicht."

Da kam Massimo schon mit dem Essen, das er ihnen mit einem strahlenden Lächeln servierte. „Endlich wieder einmal normale Menschen, die essen, was auf den Tisch kommt! Lasst es euch gut schmecken, meine Lieben! Ihr habt meinen Tag gerettet."

Ihre Anwesenheit schien ihn wirklich zu besänftigen, denn, als am Tisch neben ihrer Nische wieder jemand nach veganem Käse fragte, antwortete Massimo im Brustton der Überzeugung: „Leider nein. Unsere Sojakühe sind derzeit noch im Winterschlaf."

Lynn gluckste hinter vorgehaltener Hand, während Nick stumm vor sich hin grinste. Er würde sich nicht wundern, wenn das die komplette Reisegruppe gewesen wäre, die seelenruhig mitten auf der Straße palavert hatte.

Die beiden jungen Leute aßen in Ruhe, tranken ein Glas Wein zu ihren Meeresfrüchten, gingen zu Massimos großer Freude zu Eis als Nachtisch über und schlossen sogar einen gemütlichen Espresso zum Nachmittag an.

Rosanna kam nicht einmal dazu, den Kopf auch nur ansatzweise aus der Küche zu stecken. Gästebetrieb wie in einem Taubenschlag. Massimo hatte sogar zwei Kellner als Aushilfen ordern müssen.

„Wisst ihr schon, wann ihr über den Großen Teich fliegt?", fragte er, am Nebentisch das Geschirr abräumend, um Platz für die nächsten Hungrigen zu machen.

„Dienstag kommender Woche", antwortete Nick. „Wir werden ganze fünf Wochen auf Safari sein."

„Viel Spaß und passt bitte gut auf euch auf!", rief Massimo.

„Versprochen!", sagten Nick und Lynn völlig synchron, worauf Massimo lachend meinte: „Nun glaube ich es."

Am Wochenende vor ihrer Abreise kam Vincenzo, um die beiden noch einmal zu sehen. Lynn schaute ihn mehrmals prüfen an. Für ihre Begriffe war er auffallend schweigsam. Besorgt sprach sie ihn an: „Etwas bedrückt dich doch. Willst du nicht lieber darüber reden?"

„Weiß nicht", murmelte Nicks Vater. „Eigentlich nicht. Aber vielleicht ginge es mir dann besser ... ich will euch nicht gerade jetzt mit meinen Sorgen beladen."

„Unfug! Raus mit der Sprache!" Lynn setzte sich ihm gegenüber. „Wo drückt der Schuh?"

Vincenzo nickte, holte mehrmals Luft, zog die Augenbrauen zusammen und sagte endlich: „Ich habe jemanden kenngelernt."

„Eine Frau, nehme ich an", warf Lynn ein, weil er stockte. „Wo ist das Problem?"

9

„Ja, das weiß ich halt nicht." Er wirkte überaus ratlos. „Irgendetwas ist nicht so, wie ich es mir vielleicht erhofft hatte. Sie ist fast in meinem Alter, charmant, stilsicher, gebildet und sieht auch gut aus. Aber ..."

„Was aber?"

„Ich weiß es nicht", wiederholte Vincenzo leise.

„Du hast doch Zeit", tröstete Lynn.

„Ich schon. Sie scheint es eilig zu haben, was mich wohl abschreckt." Er schaute Lynn hilflos an. Weil sie nichts sagte, versuchte er, zu erklären, was ihn störte. „Sie drängt ständig darauf, mein Domizil sehen zu wollen, obwohl sie beim Tanzen eher auf Distanz geht. Ganz sicher auch nicht wegen der Zuschauer. Da ist irgendetwas anderes, das mich komplett davon abhält, auf diesen Wunsch in irgendeiner Weise einzugehen."

„Wie hast du sie kennengelernt?", wollte Nick wissen.

„Auf einer Weinverkostung während der letzten Verkaufsmesse. Sie war ganz plötzlich da. Einfach so. Sie wollte ständig mit mir anstoßen, worauf ich erklärte, im Dienst zu sein und nicht zu trinken, sie aber am Abend einladen zu wollen. Sie nahm das Angebot ohne Zögern an."

„Merkwürdig", überlegte Lynn laut. „Das erinnert mich ein bisschen an Nicks Amerika-Erlebnis. Ich kann aber nicht sagen, warum."

„Mich wohl auch", gab Vincenzo zu.

Lynn schüttelte kaum merklich den Kopf, während Nick tausend Gedanken wälzte. „Wie heißt sie?", fragte Lynn aus einer Eingebung heraus.

„Emilia Galotti."

Lynn zog die Augenbrauen nach oben, spitzte die Lippen. „Merkwürdige Zufälle gibt es. So heißt ein Trauerspiel von Lessing."

Vincenzo zuckte zusammen. „Was???"

„Kein Witz." Lynn rief die Bibliografie des deutschen Dichters auf. „Er hat bevorzugt Dramen geschrieben und eines heißt Emilia Galotti. Siehst du? Hier."

„Na, hoffentlich wird es kein Drama", murmelte Nick.

„Hast du ein Bild von ihr?", bohrte Lynn weiter, was Vincenzo fast flüsternd verneinte.

„Statt mich wohler zu fühlen, stehe ich nun endgültig im Wald", stöhnte er. „Wenn Lynn merkwürdige Parallelen zieht, schrillen bei mir doch sofort die Alarmglocken!"

„Dann gehe Emilia ein bisschen aus dem Weg, bis wir wieder da sind und sie bei irgendeiner Gala unverfänglich und persönlich unter die Lupe nehmen können", schlug Nick vor.

„Das wird leicht sein", schmunzelte Vincenzo, „sie will ein paar Tage mit einer Freundin nach Costa Rica fliegen."

Lynn hob wie in Zeitlupe den Kopf. „Doch nicht etwa am Dienstag und mit der gleichen Maschine wie wir?!"

Vincenzo riss sein Handy aus der Tasche, checkte die Mails und entfärbte sich jäh. „Es ist die gleiche Maschine am Dienstag."

Nick warf ihm einen unbeschreiblichen Blick zu, den sein Vater, wild mit beiden Händen fuchtelnd, abwehrte: „Nein. Nein, nein, nein. Ich habe ihr gegenüber mit keiner Silbe eure Reise erwähnt!"

„Noch eine Merkwürdigkeit", flüsterte Lynn. „Gut, dass wir darüber gesprochen haben. Schlecht, dass wir nicht wissen, wie sie aussieht."

Nick wählte Marco Falconettis Nummer und gab mit wenigen Worten bekannt, was soeben das Familienthema gewesen war.

„Danke für den Hinweis", erwiderte Marco. „Ich werde meine Beziehungen spielen lassen, damit wir in Ruhe den Urwald erkunden können. Bis dahin!"

„Und ich verwette meinen Hintern, dass er Emilia, falls sie wirklich so heißt, durchleuchten wird, bis man das Mark in ihren Knochen sieht", schmunzelte Lynn. „Wir halten dich auf dem Laufenden."

Vincenzo streichelte dankbar ihre Hand. „Nun ist mir doch um vieles wohler."

Weniger wohl fühlten sich Lynn und Nick, als sie am Flughafen eincheckten. Jede mitreisende Frau mittleren Alters wurde mit den Augen buchstäblich seziert. „Wer sagt denn eigentlich, dass sie als Frau unterwegs ist?", stellte Lynn am Ende fest. „Heutzutage, wo man weder Männlein noch Weiblein sein muss, kann sie jede Maske angenommen haben. Dieser Bianchi hat das doch auch in jeder Weise ausgenutzt."

„Mach mir keine Angst!", stöhnte Nick. „Bitte nicht das gleiche Drama um meinen Vater, wie damals um mich!"

„Womit wir wieder bei Emilia Galotti wären", sagte Lynn trocken. „Es dreht sich alles im Kreis und dann auch noch konzentrisch."

„Scheiße."

„Sagt man das, als Gentleman?", rümpfte Lynn grinsend die Nase.

„Püh! Ich bin kein Gentleman, ich bin ein besorgter Sohn. Ich darf das. Ich habe aber auch keine Lust, das in den nächsten 15 Stunden auszudiskutieren", grinste Nick.

„Ich werde erst mal eine Runde schlafen", gähnte Lynn. „Bis San José haben wir ja auch noch einen Zwischenstopp, auf dem wieder alles Mögliche passieren kann."

„Solange es nicht auf dem Weg bis dahin ist, werde ich schon zufrieden sein", erwiderte Nick, sich dem Filmprogramm der Airline widmend.

Nach zwei Stunden schaute Lynn einen Film und Nick schlief. Im Allgemeinen verlief der Flug ruhig. Nur eine betagte Dame wanderte beinahe stündlich zur Toilette, wobei sie jedes Mal einen anderen Weg zu ihrem Platz einschlug.

„Auch eine Methode, sich die Beine zu vertreten!", gähnte Nick und schlief sofort wieder ein, als sie ihn versehentlich angerempelt hatte.

Bei Lynn richteten sich inzwischen die Nackenhaare auf und sie begann, die Seniorin unbemerkt zu beobachten. Verblüfft stellte sie fest, dass die Frau nach jedem Toilettengang auf einem anderen Platz saß und sich dabei kontinuierlich näher an sie und Nick heranschob. „Das bilde ich mit bestimmt nur ein", flüsterte sie schließlich.

Nick war gerade am Erwachen. „Was bildest du dir ein?"

„Wo saß die alte Frau, die dich touchiert hat, als das Flugzeug startete?", fragte Lynn und bekam, wie aus der Pistole geschossen, zur Antwort: „Ganz hinten rechts am Fenster, aus der jetzigen Perspektive."

„Dann ist es keine Täuschung. Jetzt hockt sie, mit bestem Blick hierher, zwei Reihen hinter uns in der Mittelreihe links." Lynn hob das Handy, um ein Foto zu machen. Dabei stellte sie fest, dass sie schon mehrere Bilder von den unterschiedlichen Zwischenstationen aufgenommen hatte, weil sie zufällig, statt Spiegelfunktion, Selfiefunktion eingeschaltet hatte.

Bevor sie dazu kamen, sich weiter auszutauschen, gab die Cockpitcrew die Landeanweisungen durch und alle waren damit beschäftigt, die Lehnen senkrecht zu stellen und sich anzuschnallen. Nach der Landung war die alte Dame eine der Ersten, die die Maschine verließ. Nick und Lynn wechselten einen langen Blick.

Sie tauchte auch beim Weiterflug, wie einige andere Passagiere, deren Endziel hier lag, nicht wieder auf.

Im Warteraum taxierte Lynn fast jede Person, die durchschnittlich groß und von durchschnittlicher Statur war. Eine der neuen Mitreisenden passte in das Schema, war wasserstoffblondiert und so grell geschmickt, dass es schon fast in den Augen wehtat. Sie sprach perfekt Spanisch, sodass Lynn sie recht schnell aus dem Raster warf. Dafür fesselte einer der Männer ihre Aufmerksamkeit. Nick fragte sogar nach, warum sie ihn so belauere.

„Wenn der mich anschaut, stellen sich meine Nackenhaare auf", wisperte Lynn. „Auf seltsame Weise kommt er mir auch noch bekannt vor."

Nick brauchte nicht lange, um dasselbe aus seiner Warte zu behaupten. So nutzte Lynn die erste Gelegenheit, im Flugzeug in den Spiegelungen des geschlossenen Fensters ein Bild zu machen.

„Das muss wohl der jüngere Bruder der alten Frau sein", sagte Nick sofort und Lynn fiel ein, wo sie die gleiche Augenpartie schon einmal gesehen hatte: „Bianchi."

„Scheiße!", raunte Nick erneut.

Lynn nickte sehr ernst. „Älterer Bruder, ältere Schwester oder sogar die Mutter? Die war ja nie im Gerichtssaal erschienen."

„Prost Mahlzeit!", zischte Nick. „Wenn die restliche Familie wie Mario geartet ist, hat mein Vater verdammtes Glück gehabt, dass es ihm noch gut geht. Es wird wohl auch kein Zufall sein, dass Emilia Galotti erklärt hat, nach Costa Rica zu fliegen. Sie hat sicher gehofft, dass er den Braten viel zu spät riecht, um ihm tausend Ängste einpflanzen zu können."

„Die wird er jetzt trotzdem ausstehen", wisperte Lynn. „Aus dem Dschungel können wir uns schließlich nicht melden. Wie will er nachprüfen, ob die Meldungen echt sind, falls er in dieser Zeit welche von irgendwem erhält?"

Sie versuchten, sich nicht anmerken zu lassen, dass sie unter Beobachtung standen, und so gingen die nächsten Stunden quälend langsam vorbei. Wenigstens gab es keine Probleme mit dem Gepäck, beide Koffer waren unversehrt und sie strebten dem Ausgang zu, vor dem sie Falconetti erwartete.

„Schön, Sie zu sehen! Ich bringe Sie gleich zum Hotel." Er legte das Gepäck ins Auto und fragte im selben Moment. „Sie schauen ein bisschen mental angegriffen aus. Was ist passiert?"

„Außer, dass wir mit irgendjemandem aus der Bianchi-Sippschaft im Flugzeug saßen, noch nichts", ächzte Lynn, ihre dick gewordenen Knöchel massierend.

„Och, das ist jetzt aber unfair!", rief der Reporter. „Das wäre heute im Hotel meine

Topp-Information an Sie gewesen! Woher wissen Sie es?"

Nick zeigte auf Lynn. „Ihrem Adlerblick entgeht nichts, wenn sie jemanden auf dem Kieker hat. Dabei hat sich die Person solch eine Mühe gegeben, zuerst als betagte Frau und nach der Zwischenlandung als Mann mittleren Alters zu erscheinen."

„Sie sollten wirklich ein Detektivbüro eröffnen", lachte Falconetti. „Haben Sie Bilder gemacht?"

„Aber sicher doch!", schmunzelte Lynn.

Falconetti schüttelte amüsiert den Kopf. „Warum frage ich überhaupt?!" Er brachte sie zum besten Haus der ganzen Stadt und erklärte nach dem Einchecken blinzelnd. „Ich habe das Zimmer direkt neben Ihnen. Nicht, um trauter Zweisamkeit zu lauschen, sondern wegen der Sicherheit."

Nick grinste harmlos, während Lynn und Falconetti in herzliches Lachen ausbrachen. „Das Wort ‚amore' stand soeben zwei mal vier Meter groß in Ihren Augen!", feixte der Journalist.

„Ich vermute, im Urwald muss ich darben", gab Nick grinsend zu wissen, worauf sich Falconetti lauthals lachend in sein Zimmer trollte.

„So, so", schmunzelte Lynn. „Klingt ganz so, als wolltest du Vorräte anlegen."

Er nickte begeistert. „Wir haben volle zwei Stunden bis zum Abendessen. Ab, unter die Dusche!"

Das musste er Lynn nicht zwei Mal sagen. Sie ließ ihr Gepäck mitten im Zimmer stehen und im Bruchteil eines Wimpernschlags rauschte das Wasser. Nick schaute völlig verblüfft.

„Nix wie hinterher!", rief er, sich seiner Kleidung entledigend.

„Ich dachte schon, du kommst nie", schnurrte sie, sich an ihn schmiegend.

Nick ließ seine Hände über ihre Haut gleiten. „Vielleicht können mir ja die Fledermäuse ein bisschen Nachhilfe in Ultraschallortung geben."

„Passe lieber auf, dass keine dabei sind, die dein Blut trinken wollen." Sie biss ihn sanft in den Hals.

„Tu es noch mal", flüsterte Nick, den Kopf ein wenig reckend.

Lynn ließ ihre Lippen über seinen Hals gleiten, um ihn diesmal etwas fester mit den Zähnen an der Haut zu zupfen.

„Ich glaube, ich kenne Stellen, an denen ich dich mit Knabbern auch begeistern kann", raunte er ihr ins Ohr, drehte das Wasser ab und wickelte Lynn in das Sauna-Tuch, um sie ins Bett zu tragen.

Die Fenster mussten sie nicht zuziehen, weil die gegenüberliegenden Häuser alle niedriger waren. Im 17. Stock war schlimmstenfalls mit Vögeln und Insekten als Spanner zu rechnen.

Nick rieb seine Nasenspitze an Lynns Stirn, glitt langsam tiefer, wobei Nase und Zunge der anregenden Hügellandschaft im Norden einen Besuch abstatteten.

„Mehr!", wisperte Lynn, worauf sich Nick sehr ausgiebig ihren ihren Brüsten widmete, wobei er immer wieder seinen Penis an ihre Schenkel drückte, um sie in Hochstimmung zu bringen.

Ein unerwartetes Geräusch vor dem Fenster ließ sie gleichzeitig aufhorchen. „Was ist das?", flüsterte Nick, ohne sich umzudrehen, aber die Decke mit einer Hand über beide Körper streifend.

„Eine Drohne", knirschte Lynn mit zusammengezogenen Augenbrauen. „Ziemlich klein und leicht. Ich habe sie nur gehört, weil sie ans Glas gestoßen war."

„Ich auch. Liegenbleiben! Wir setzen Falconetti auf das Ding an." Nick griff nach seinem Handy auf dem Nachttisch und rief, ohne seine Position zu verändern, an, erklärte, dass ungebetener Besuch in Form eines fliegenden Auges vor ihrem Fenster lauere.

„Mal sehen, was ich machen kann", antwortete der Reporter und legte auf. Es dauerte nur wenige Sekunden, dann klatschte etwas so heftig ans Fenster, dass die Scheiben zitterten. Lynn schrie erschreckt auf. Da meldete sich auch schon Falconetti: „Ich habe sie! Kommen Sie rüber, wir checken gleich das Material."

„Oh je!", stammelte Lynn. „Das könnte peinlich werden."

„Da müssen wir jetzt durch", meinte Nick resigniert. „Komm, Schatz, er ist der Einzige, der uns den Hintern retten könnte, falls man uns mit dem Filmmaterial erpressen will."

Falconetti wunderte sich, dass es relativ lange dauerte, ehe die beiden erschienen. Weil Lynn deutlich Farbe annahm, als er die Drohne über USB mit seinem Laptop verkabelte, begann er zu ahnen, was in den letzten Minuten geschehen sein musste. „Ich vermute, sehr intime Aufnahmen", sagte er, worauf beide stumm nickten.

„Wie haben Sie die Drohne gepackt? Wir haben es nur klatschen hören!", entspannte Nick die Situation.

„Hiermit!" Falconetti hielt ein Wurfnetz hoch, das auf einem Sessel gelegen hatte. „Normalerweise fange ich damit Fische oder Wasservögel. Weil es immer in der Außentasche des Rucksacks steckt, hatte ich es sofort griffbereit."

Als die ersten Bilder auf dem Monitor erschienen, hielt Lynn den Atem an. Nick begann zu lachen. „Fantastisch! Ein Hintern, ein Rücken, aber nicht einmal ein Kopf mit Haarfarbe zu erkennen! Sicher nicht das, was wir, geschweige denn die, erwartet haben."

„Alles gut?", wandte sich Falconetti an Lynn.

„Jetzt schon", schmunzelte sie. „Ich bin Ihnen unglaublich dankbar dafür, dass Sie das Biest erwischt haben."

„Ich werde es umprogrammieren, und für unsere Zwecke nutzen", lachte der Journalist.

„Schade, dass es nicht das Gesicht der Person zeigt, die es gelenkt hat. Aber ich denke, darüber, wer dahinter steckt, sind wir uns einig."

„Wir sollten deinen Vater warnen!", schlug Lynn vor.

Nick zog das Handy aus der Tasche und gab einen kurzen Bericht seit dem Abflug durch, wobei er die Kamera mitlaufen ließ, um zeigen zu können, dass es keine leere Panikmache war.

„Ich werde Madame keine Audienz gewähren, solange ihr fort seid und überdies mit De Luca Kontakt aufnehmen", versprach Vincenzo zur großen Freude von Nick und Lynn.

„Besser wäre es, denn wir sind ab morgen im Dschungel und kaum erreichbar", fügte Nick hinzu, ehe er sich verabschiedete.

„Achtet alle drei gut aufeinander! Ciao!"

Marco, das Multitalent

„Gehen wir zu Abend essen!", forderte Falconetti. „Die Netzfischerei macht mich immer so hungrig."

„Lynn meint, dass Sex ...", Nick stoppte grinsend, weil sie ihn recht heftig in den Arm knuffte. Falconetti, dem der Spruch geläufig war, zog schmunzelnd eine Augenbraue nach oben. Er fand es überaus erfreulich, dass sich seine Expeditionsgefährten privat so locker gaben und ihnen etwas derbere Sprüche nicht fremd zu sein schienen. Beste Voraussetzungen, aus den Wochen im Urwald ein grandioses Erlebnis zu machen.

Lynn ergriff bei der Abendunterhaltung die Initiative: „Wäre es nicht sinnvoller, zum Du überzugehen, bei dem, was wir vorhaben? Man hat doch eher einen Knoten in der Zunge, als eine Antwort, wenn man auf große Etikette pocht. *Heh, Marco!* Das geht auf jeden Fall schneller als: *Verzeihen Sie, Herr Falconetti, ich hätte da mal eine Frage* ..." Sie grinste vergnügt. „Inzwischen hat man von allein festgestellt, dass die Schlange giftig war, und man ihr besser hätte aus dem Weg gehen sollen."

Die Männer lachten herzlich, hoben die Weingläser und alle stießen auf eine schöne gemeinsame Zeit als Freunde an. Erwartungsgemäß drehte sich ein großer Teil der Abendunterhaltung um jegliche Art Fledertiere, für die Lynn nun mal ein Faible hatte.

„Dass man in Asien mancherorts die armen Viecher isst, finde ich genau so abartig, wie Hunde zu verspeisen", seufzte sie. „Aber eben jeder so, wie er es kennt."

„Auf alle Fälle wirst du in den nächsten Tagen viele verschiedene Arten bewundern können", versprach Marco. „Hier gibt es über 100 Arten, während Europa mit rund 30 zufrieden sein muss. Ach, da sind ja schon die Ersten!" Er zeigte aus dem Fenster, wo sich in der Dämmerung ein Schwarm Fledermäuse aufmachte, Insekten zu jagen.

„Das Einzige, was mir für die nächsten Tage Kopfzerbrechen macht, ist diese angebliche Emilia", brummte Nick. „Ich habe gehofft, endlich Ruhe zu finden, und plötzlich sind die alten Ängste wieder da. Vor allem fürchte ich, dass sie Lynn etwas antun könnte."

„Ich will keine Phrasen dreschen, aber ich habe meine Beziehungen spielen lassen", erwiderte Marco. „Es war meine Idee, euch einzuladen, also muss ich mich auch drehen, damit ihr sicher seid."

Dies begann, dass sie am nächsten Morgen ihren gemieteten Jeep beluden, wobei Lynn ständig das Gefühl hatte, beobachtet zu werden.

„Wenn ich aussteige, tut ihr sofort das Gleiche, folgt mir und schaut euch nicht um, egal, was passiert", raunte Marco, als sie zuletzt die Rucksäcke verstauten.

Beide nickten kaum merklich, wechselten aber einen langen besorgten Blick, den Marco nicht zu bemerken schien. Er setzte sich hinters Lenkrad, ließ das Fahrzeug gemächlich durch das Hotelgelände rollen und fädelte sich in den Morgenverkehr ein. Keiner sprach ein Wort. Nach einer halben Stunde bog er scharf, und ohne zu blinken, auf einen Weg ein, der mit einem hohen Metallzaun gesäumt war. In einer Staubwolke raste der Jeep auf einen flachen Gebäudekomplex zu. Lynn fasste nach Nicks Hand. Ein Rolltor öffnete sich, der Wagen schlüpfte hindurch, stoppte und Marco stieg aus. Rasch folgten ihm Lynn und Nick, seine vorherige Anweisung peinlich genau beachtend.

Aus den Augenwinkeln bemerkten sie einige Männer in weißen Overalls, die sich über das Gepäck hermachten. Marco eilte auf einen kleinen Hubschrauber zu, der hinter der Halle stand und dessen Pilot auf sie zu warten schien. Als sie hineingeklettert waren, schloss er die Kanzel, drehte sich zu Lynn und Nick um, die hinten saßen: „Willkommen an Bord. Hier seid ihr abhörsicher."

Da nahten schon die Männer aus der Halle mit dem kompletten Gepäck. Nicht einmal fünf Minuten später, begannen sich die Rotoren zu drehen und der Heli hob sanft ab. Durch die Kopfhörer bekamen die beiden hinten mit, wie sich Marco und der Pilot in halsbrecherischer Geschwindigkeit auf Spanisch unterhielten. Nick schüttelte mit einem halb amüsierten, halb fassungslosen Lächeln den Kopf. Hinter der völlig unscheinbaren Fassade des Reporters hatten schon einige Überraschungen gelauert. Genau wie bei Lynn, die er mit jeder Faser seines Körpers liebte und ohne die er sich ein Leben gar nicht mehr vorstellen mochte.

Der Pilot steuerte den Heli auf eine kleine Lichtung einige Kilometer direkt im Dschungel. Er setzte das Fluggerät sanft auf, half beim Entladen und sagte zum Abschied auf Englisch zu Lynn: „Passe gut auf die beiden auf!" Blinzelnd und mit einem verschmitzten Lächeln trollte er sich und bald schon erinnerte nur das niederliegende Gras daran, dass etwas Schweres dort seine Kufen eingedrückt hatte.

Marco grinste in die Runde. „Ich schätze, damit hat Donna Emilia nicht gerechnet. Nachdem ich heute Morgen als Erstes lose Radmuttern am Jeep entdeckt hatte und nicht sehen konnte, ob die Bremsschläuche in Ordnung sind, habe ich es vorgezogen, Pedro Gonzales anzurufen, um einen Hubschrauber zu bekommen. Der Pilot ist sein Bruder."

„Und wer ist Pedro?", fragte Lynn sofort.

„Mein bester Freund aus Kindertagen", lachte Marco.

„Okay. Wir dürfen alles essen, müssen aber nicht alles wissen", grinste Lynn zurück. „Akzeptiert, weil es manchmal lebensrettend sein kann."

„Danke, dass ihr mir vertraut", sagte Marco sehr ernst. „Nichts zu wissen, kann wirklich ein Segen sein. Nur so viel, ich habe ihn und seine Tochter vor einigen Jahren im Urwald in letzter Sekunde dem Tod von der Schippe gerissen und das ist seine Revanche dafür."

Marco schaute auf den Kompass seiner Uhr. „Wir müssen etwa zwei Kilometer in diese Richtung!"

„Dahin, wo der Rauch aufgestiegen ist, vermute ich", sagte Nick.

„Richtig. Dort ist ein Dorf der Ureinwohner und da werden wir unser Basislager aufschlagen", verriet Marco.

„Ich vermute, du bist nicht zum ersten Mal hier", warf Nick ein.

„Stimmt." Marco lächelte breit, nahm Lynn etwas von ihrem Gepäck ab und machte sich, eine Machete in der Hand, auf einen fast unsichtbaren Pfad, den ganz sicher nur er, die Tiere des Waldes und die Einheimischen finden konnten.

Mitunter arbeiteten beide Männer wortlos und perfekt zusammen, um Hindernisse aus dem Weg zu räumen. Jetzt erst fiel Lynn wieder ein, dass ja Nick schon unzählige Male im Dschungel gewesen war, um die wundervollen Fotos zu machen, von denen er lebte.

„Und da sagt er, ich soll auf euch aufpassen", murmelte sie, in Anspielung auf die Worte des Piloten.

„Er meint es ernst", erklärte Marco. „Mitunter bringen sich Männer in die dümmsten Situationen, weil sie glauben, sich gegenseitig etwas beweisen zu müssen. Er ahnt nicht, dass Nick Dschungelerfahrung hat. Auch für ihn ist es mitunter besser, nicht alles zu wissen."

„Stopp!", rief Lynn. „Ich habe eine winzige Fledermaus entdeckt!" Sie zeigte auf ein zusammengerolltes Blatt, aus dem in der Tat ein Köpfchen und ein Zipfelchen Flughaut herausschauten.

„Aber frage mich bitte nicht nach Art und Ernährungsweise", seufzte Marco. „Ich kann nur die Vampire sicher identifizieren."

„Ich nerve dich ganz bestimmt nicht", versprach Lynn, das Tierchen fotografierend. „Du bist ja schließlich kein wandelndes Lexikon. Ich bin schon glücklich, dass ich so etwas Niedliches mit eigenen Augen sehen darf."

Nick hatte ebenfalls sofort die Kamera gezückt und aus allen erdenklichen Perspektiven Bilder aufgenommen. Er gab zu, diese Möglichkeit der Tagesruhe gar nicht in Erwägung gezogen zu haben, obwohl er darüber in irgendeinem Magazin gelesen hatte.

„Manche Arten verstecken sich sogar in Erdlöchern, die andere Tiere gegraben haben", verriet Marco.

Lynn blinzelte. „Ich werde sie finden!"

Nick lachte: „Wie war das mit dem Detektivbüro?"

Hin und wieder warnte Marco vor einer Schlange, die im Gewirr der Zweige kaum zu erkennen war. Die Laute der meisten Tiere wurden seit geraumer Zeit vom ohrenbetäubenden Spektakel der Mantelbrüllaffen übertönt, die sich durch die drei Wanderer gestört fühlten und ihrem Unmut lautstark Luft machten.

Nach zwei Stunden legten sie an einem breiten Bach eine Pause ein, wo Lynn Kolibris entdeckte und sofort wieder fotografierte.

„Trinken nicht vergessen", mahnte Marco, ihr demonstrativ einen Becher in die Hand drückend.

„Hast recht", murmelte Lynn schuldbewusst. „Ich gelobe Besserung."

Nick hob plötzlich den Kopf und legte einen Finger vor die Lippen. Marco hatte das leise Knacken auch gehört. Er deutete mit gespreiztem Zeige- und Mittelfinger auf seine Augen. *Wir werden beobachtet!* Lynn war klar, dass die beiden Menschen meinten. Ob es Freunde oder Feinde waren, würde sich hoffentlich früh genug herausstellen.

Ein Tukan flatterte von einem Baum zum anderen. Von da, wo er herkam, ertönten zwei Rufe weiterer Vögel, derselben Art. Marcos Miene hellte sich zusehends auf und er antwortete mit genau dem gleichen Schrei. Der

Tukan auf dem Baum schien ebenso überrascht zu sein, wie seine Kameraden weiter weg, die stumm blieben, denn er beäugte Marco mit schief gelegtem Kopf. Dann erklangen wieder die Warnrufe der Brüllaffen, nur viel leiser. Marco grinste vergnügt und antwortete in perfekter Weise auch darauf.

„Die Männer aus dem Dorf?", fragte Lynn flüsternd, worauf er nickte und einen trillernden Pfiff ausstieß.

Im nächsten Moment bewegten sich die Sträucher am anderen Ufer und vier Männer kamen zum Vorschein, denen Marco bis jetzt den Rücken zugekehrt hatte. Als er sich umdrehte, waren sie nicht mehr zu halten! Sie preschten regelrecht durch das Wasser, um ihn überaus herzlich zu begrüßen und sich dann seinen beiden Begleitern zuzuwenden, für die er die merkwürdige Mischung aus Spanisch und einer anderen Sprache ins Englische übersetzte. „Sie haben den Heli gehört und mit Wilderern gerechnet. Mich hatten sie gar nicht auf dem Plan."

Die vier huckten sich ohne Federlesen die Rucksäcke ihrer Gäste auf, um diese auf schnellstem Weg zum Dorf zu geleiten. Klar hielt Marco nicht hinterm Berg, was sie in den Urwald führte. Und so wurde Lynn erstaunt gemustert, weil man hier der Überzeugung war, alle europäischen Frauen, die keine Wissen-schaftlerinnen waren, würden schreiend davon rennen, wenn sie nur das Wort Fledermaus hörten.

Es glich einem kleinen Triumphzug, als die Gruppe die Siedlung erreichte. Marco wurde wie ein Superheld empfangen. Bald schon stand ihr gemeinsames Zelt und sie freuten sich auf das spontane Fest, das man, ihnen zur Ehre, am Abend feiern wollte. Marco übersetzte unermüdlich und, wie Lynn meinte, mit affenartiger Geschwindigkeit.

„Ich habe selten Menschen erlebt, die derart sattelfest polyglott sind, wie du", staunte Nick. „Du sprichst ja nicht nur etliche Sprachen der Menschen, sondern auch noch Tukanisch, Brülläffisch und weiß der Geier was."

Dass diese Aussage bei den Einheimischen für großes Gelächter sorgte, war abzusehen gewesen und ein paar Knaben gaben Tierlaute von sich, auf die Marco in gleicher Weise antwortete.

„Wie viel Zeit deines Lebens hast du hier zugebracht?", fragte Lynn sofort.

„Sicher zehn Jahre, alle Daten zusammengerechnet", erwiderte Marco, ohne lange nachdenken zu müssen. „Ich bin zwar in Italien geboren, aber trotzdem praktisch hier dreisprachig aufgewachsen. Mein Vater war Italiener, meine Mutter Spanierin. Sie haben sich im Dschungel auf einer wissenschaftlichen Studie kennen und lieben gelernt. Hier im Dorf war ihr Stützpunkt. Als sie merkten, dass Nachwuchs unterwegs war, sind sie zusammen zu meinem Großvater nach Italien geflogen, haben in einer Blitzaktion geheiratet, zwei Monate danach bin ich in Rom zur Welt gekommen und ein Vierteljahr später mit hierher zurückgeflogen. Als ich sechs Jahre alt wurde, bin ich in Italien zur Schule gegangen, habe aber meine Ferien immer hier verbracht. Ich habe in Großbritannien studiert, in den USA als freier Journalist gearbeitet und mich ein bisschen in der Welt umgesehen. Die Fähigkeit, im Urwald überleben zu können, hat mir auch im Dschungel der Hochhäuser und Slums gute Dienste geleistet."

„Deshalb bist du auch so perfekt darin, Personen völlig unbemerkt zu observieren", überlegte Lynn laut.

„Man tut, was man kann", grinste Marco. „Mein feines Näschen hat mich bisher auch stets zu den besten Storys geführt."

„Und das ist immer gut gegangen?", fragte Nick skeptisch.

Nicht nur Marco schüttelte den Kopf. Einige ältere Indios taten das ebenfalls und der Dorfälteste berichtete, wie sich Marco in Bolivien mit einem Gangsterboss angelegt und sich, von Kugeln durchsiebt, hierher zurückgeschleppt hatte. Er streifte Marcos Ärmel nach oben, um die Narben zu zeigen. „Es waren sieben Stück!", rief er anklagend. „Keine tödlich, aber in der Masse so schlimm, dass nicht viel gefehlt hätte! Unser Heiler hat Wochen gebraucht, Marco ins Leben zurückzubringen."

„Vier waren Streif- oder glatte Durchschüsse", wiegelte Marco ab. „Die hatte ich notdürftig verbunden. Dafür hatten es die anderen drei bitterböse in sich."

„Wir mussten sie ausbrennen und die Kugeln mit Gewalt entfernen", warf eine alte Frau ein.

Lynn schüttelte sich vor Grauen, als sie daran dachte, dass er in diesem Zustand auch noch mehrere Tage für die Rückreise gebraucht hatte.

Marco zuckte mit den Schultern. „Nun werdet ihr sicher verstehen, warum ich mir von Donna Emilia nicht das Lebenslicht durch lose Radmuttern, kaputte Bremsen oder gar munitionsbestückte Drohnen ausblasen lassen möchte."

In diesem Atemzug begann er, den Dorfbewohnern zu erklären, was Lynn und Nick auf dem Flug hierher, im Hotel, sowie im Vorfeld widerfahren war und warum er die beiden in den Urwald mitgebracht hatte.

„Wir werden alle dafür sorgen, dass ihr hier eine schöne Zeit habt", versprach der Dorfälteste. „Marcos Freunde sind auch unsere Freunde. Er und seine Eltern haben dafür gekämpft, dass unser Wald unter Schutz gestellt wurde und wir uns nehmen dürfen, was wir unbedingt zum Leben brauchen, so wie wir es, seit es uns gibt, getan und nie Schaden angerichtet haben."

„Marco hat zur richtigen Zeit, den richtigen Leuten das Leben gerettet, um etwas ganz

Großes bewirken zu können", seufzte die Frau das Ältesten zufrieden.

Nick kniff ein Auge zu. „Dann muss Pedro Gonzales entweder der Leiter der Forschungseinrichtung oder Chef der Umwelt- oder Naturschutzbehörde sein, denke ich."

„Du denkst richtig", grinste Marco. „Oder ist es. Wir haben als Kinder im Institut zusammen gespielt, die höchsten Bäume im Urwald bestiegen und jene Tiere aufgespürt, welche die Erwachsenen nicht erwischen konnten. Wir haben uns auch, als ich zurück nach Italien musste, nie wirklich aus den Augen verloren. Er hat schließlich Richtung Ökologie und Umweltschutz studiert und ist Stück für Stück zum obersten Chef der Behörde avanciert.

Eines Tages, ich war eher zufällig hier, zog ein heftiges Unwetter auf. Es blitzte und krachte fast ohne Pause, der Regen rauschte wie ein Wasserfall herab und überm Wald erklang das typische Knattern eines kleinen Hubschraubers. Ungefähr dort, wo wir heute abgesetzt worden sind, traf ein Blitz den Heli. Obwohl Raoul eine Notlandung versuchte, stürzten sie ab. Kufen nach oben, krachte der Hubschrauber aus einigen Metern Höhe ins Gesträuch. Und, als ob das nicht schon genug wäre, überschwemmte der unscheinbare Bach durch die sintflutartigen Regenfälle das ganze Gebiet und drohte, die Bewusstlosen im Inneren der geborstenen Kanzel zu ertränken. Aber das gewahrten wir erst, als wir die Unglücksstelle erreichten.

Wir haben uns zu sechst fast drei Stunden lang durch die Naturgewalten gekämpft und die drei Verunglückten im allerletzten Moment aus dem Wasser gezogen."

„Marco war der Einzige, der den Absturz wahrgenommen hatte", erzählte ein anderer. „Er hat uns fast auf Knien angefleht, ihm zu glauben und mitzukommen. Gut, dass wir es getan haben."

„So, liebe Leute, nun schaltet meinen Heiligenschein wieder aus und reicht mir noch ein Stück Fleisch rüber!", forderte Marco lachend. „Sonst werde ich vielleicht hochnäsig."

„Aber eins musst du zugeben", schmunzelte der Älteste, „Es ist immer wieder schön, am Feuer zu sitzen und solche Geschichten aufleben zu lassen."

„Sich an vieles zu erinnern, ist das deutlichste Zeichen, dass man alt wird", stöhnte Marco gespielt theatralisch und biss genüsslich in das saftige Steak.

„Männer und ihre Midlife Crisis", kicherte Lynn, die wusste, dass Marco kürzlich 41 geworden war.

Das Vogelgezwitscher und die Rufe der Affen weckten Lynn am sehr frühen Morgen. Die Männer mussten wohl auch gerade erst aufgestanden sein, denn Nicks Schlafsack fühlte sich noch ganz warm an. So flocht sich Lynn rasch einen Zopf und begab sich zum Bach, um sich zu waschen. Aber nicht, ohne ihren Fotoapparat mitzunehmen. Als ein Pulk Fruchtfledermäuse auf Futtersuche zog, filmte sie ihn mit solcher Verzückung, dass Nick in schallendes Lachen ausbrach, worauf ein ganzer Schwarm bunter Vögel aus dem Gebüsch am Ufer davonstob, den Lynn nahtlos gleich mit filmte. Marco grinste vergnügt. Die grandiose Tier- und Pflanzenwelt dieses Gebietes trieb ja sogar Wissenschaftler dazu, selig zu lächeln. Wie musste sich da erst Lynn fühlen?

Marco besorgte das Frühstück. Nick hatte ziemlich skeptisch geschaut, als der Reporter keinerlei Konserven und sonstige Lebensmittel auf der Gepäckliste stehen hatte. Seit dem gestrigen Abend und dem Wissen, in ihm fast einen Einheimischen vor sich zu haben, wunderte er sich über gar nichts mehr. Lynn war von jeher pflegeleicht gewesen. Sie aß, was auf den Tisch kam, und war Neuem immer aufgeschlossen. Marco machte es Spaß, den beiden die begehrtesten Leckerbissen zu kredenzen, um zu zeigen, wie gut man mit und von der Natur leben konnte, wenn man sie respektierte und einfache Regeln beachtete.

„Sie fragen, ob wir mit zum Fischen gehen wollen", erklärte er, mit drei leckeren frischen Fladenbroten und einem Stück Honigwabe aufwartend.

Nick stupste Lynn an, die meinte: „Das würde ich mir schon ganz gern ansehen."

„Dann tun wir es", legte er fest. „Es ist der Urlaub, den du dir verdient hast, und da wird in der Hauptsache gemacht, was du möchtest."

„Die Fledermäuse werden trotzdem nicht zu kurz kommen", versprach Marco.

Mit Netzen und Fischspeeren bewaffnet, zogen sie fast eine dreiviertel Stunde lang am Bach hinauf, um einen kleinen See zu erreichen. Hier legten sie ihre Netze aus. Während Nick lernte, wie man das Geflecht richtig warf, nahm Lynn die gefangenen Tiere aus, nachdem sie sie fotografiert hatte. Marco erklärte am Ende, dass es statt acht Arten, wie Lynn vermutete, nur vier waren. Weil das Aussehen der beiden anderen daher rührte, dass es eine Jugendform und geschlechtsreife männliche und weibliche Alttiere waren, die sich deutlich voneinander unterschieden.

Die Innereien blieben gleich am Ufer liegen, wurden von allerlei Vögeln, Wasserschildkröten und Echsen dankend angenommen. Lynn sah sich vor, wusste sie doch, dass die Reptilien mit ihren hornigen Mäulern recht heftig zubeißen konnten. Die Schildkröten waren auch nicht gerade friedlich, als es darum ging, die begehrten Reste zu erbeuten.

Schwer beladen zogen sie am Nachmittag zum Dorf zurück, wo Marco den fairen Anteil für sein dreiköpfiges Team erhielt, das ja sogar mitgearbeitet hatte. Bald duftete es nach Fischsuppe oder über dem Feuer gegarten Fisch.

Marco, der sich am besten auskannte, war schon am Morgen zum Küchenchef ernannt worden. Er würzte einige Fische, wickelte sie in Blätter und steckte sie so in die heiße Asche des abgelöschten Feuers. Nach ein paar Minuten servierte er die garen, duftenden Happen. „Langt ordentlich zu!", schlug er vor. „Wir machen dann noch einen kleinen Abendausflug zu Lynns Lieblingen."

„Oh ja!" Lynn riss triumphierend die Faust hoch.

Als sie jedoch später das Gewehr auf Marcos Schulter entdeckte, wich die übergroße Freude der Anspannung, denn es gab lautlose vierbeinige Jäger im Dschungel, die meist aus dem Hinterhalt angriffen. Auch Nick war nicht unbewaffnet. Er hatte sein höllisch scharfes Tauchermesser um den Oberschenkel geschnallt. Marco hatte aber nicht vor, tief in den Wald zu gehen. Er führte die beiden am Rand entlang und erklärte flüsternd, was sich alles in der Nähe befand. Hin und wieder knackte es im Gebüsch, als flüchtete ein kleines Tier. Die Affen hatten sich schon zu ihren Schlafplätzen begeben und die Jäger der Nacht übernahmen das Terrain.

„Gleich geht es los!", raunte Marco, auf die gegenüberliegende Seite der Talsenke deutend, wo sich eine Grotte befinden sollte. Wie auf Kommando schwärmten hunderte kleine Fledertiere aus und erfüllten die Luft mit fiependen Geräuschen und dem Flattern ihrer lederigen Flughäute.

„Oh, mein Gott, ich habe noch nie so viele Tiere auf einem Fleck gesehen", hauchte Lynn.

Nick lächelte. Hatte er seinen ersten riesigen Schwarm Fledermäuse doch genau so bestaunt. Er erinnerte sich gerne an die großen Fledertiere in Singapur, die er Abend für Abend beobachtet und gefilmt hatte. Er wusste, genau wie die beiden anderen, dass die Tiere einige unangenehme Krankheiten übertragen konnten. Für den direkten Besuch einer Kolonie hatten sie Schutzkleidung und Masken eingepackt. Für den heutigen Abend war es nicht nötig gewesen, diese mitzunehmen, denn sie waren weit genug entfernt, um gefahrlos dem stillen Treiben zuschauen zu können.

Auf dem Rückweg zum Dorf bemerkten sie erheblich größere Fledermäuse, die wie Geister zwischen den Bäumen umher huschten, und Insekten jagten. Das Brüllen eines Raubtieres ließ Lynn erschreckt zusammenzucken.

„Ein Jaguar", erklärte Marco. „Die fühlen sich hier, im dichten Regenwald, besonders wohl."

Nick blieb stehen. „Dort vorn ist ein Kaiman!"

„Da! Noch einer!" Lynn klammerte sich an seinen Arm.

„Wir müssen uns nur vom Wasser fernhalten", sagte Marco, dann kommen wir gut nach Hause.

Er trat geräuschvoll auf, um die Panzerechsen zu vertreiben. Träge glitten sie ins Wasser und äugten den nächtlichen Wanderern hinterher.

Lynn atmete erst beruhigt auf, als alle im Zelt waren und der Eingang von innen gesichert wurde. „Ein tolles Erlebnis, obwohl ich ziemlichen Schiss hatte", gab sie zu.

„Dafür hast du dich aber sehr gut gehalten", lobte Marco. „Falls nachts jemand raus muss, sollte er mich wecken. Es ist sicherer, nicht allein zu gehen."

„Versprochen!", sagten Lynn und Nick zugleich.

Lynn wäre um nichts in der Welt hinaus gegangen, denn es dauerte nicht einmal lange, bis irgendein Tier laut schnüffelnd um das Zelt schlich. Die Männer schliefen und Lynn lauschte mit weit aufgerissenen Augen in die Dunkelheit, als könne sie so herausfinden, welches Geschöpf diese Geräusche machte. Irgendwann trollte sich der nächtliche Gast und Lynn schlief endlich ein. Am Morgen musste sie beim Betrachten der Spuren grinsen – sie stammten von einem der großen Hunde, die das Dorf bewachten.

Bei Tageslicht brachen sie zur Fledermaushöhle auf und wurden sie von zwei Halbwüchsigen begleitet, die zeigten, dass sie schon eine Menge drauf hatten. Einer fing einen jungen Kaiman, den sich Lynn genau anschaute und ein paar wundervolle Detailaufnahmen machte. Wieder freigelassen, tauchte die kleine Echse wie der Blitz ins Wasser und sah zu, dass sie möglichst weit fortkam. Der andere Junge wusste einige Stellen, um essbare Früchte zu finden, die sich alle schmecken ließen. Natürlich sparte Marco nicht mit berechtigtem Lob.

Am Eingang der Fledermaushöhle legten auch die Jugendlichen, ohne zu murren, einen Atemschutz an. Sie hatten schon viele Berichte gehört, dass man unschöne Dinge einatmen konnte, wenn man sich nicht schützte. Marco zwängte sich mit seiner Stirnlampe voran, ihm folgte Lynn, dann die Knaben und den Schlussmann machte Nick.

Lynn filmte das chaotische Gewimmel der kopfunter hängenden Tiere, die sich durch das Licht der Lampen etwas gestört fühlten. „Gehen wir lieber wieder hinaus. Ich möchte nicht, dass die Tiere meinetwegen über Gebühr gestresst werden", sagte sie nach wenigen Minuten.

Da Marco alles übersetzte, was gesprochen wurde, bekam Lynn das Lob der Einheimischen zu hören, weil sie auf das Wohl der Tiere bedacht war. So führte sie derjenige, der die besten Früchte gefunden hatte, dahin, wo Fledermäuse in Erdlöchern ruhten. Er musste zwar eine Weile suchen, wurde aber fündig und die Gäste konnten ohne Zusatzlicht ein paar hübsche Fotos aufnehmen.

Auf dem Heimweg gewahrten sie ein junges Faultier, das die Strömung des Baches unterschätzt hatte. Der Unglückswurm hing an einem

Stück Treibholz, traute sich weder vor noch zurück, und Nick zog den Ast mitsamt Faultier an Land. Lynn filmte und fotografierte das gerettete Geschöpf, welches sich, in der üblichen, an Zeitlupe erinnernden Gemächlichkeit, auf den Weg zum nächsten Baum begab. Sie liefen, weil ein paar Kaimane in der Nähe lauerten, erst weiter, als das Tier ein Stück den Stamm hinauf geklettert war.

In den nächsten Wochen unternahmen sie täglich Exkursionen in den Urwald, um unzählige andere Tiere und seltene Pflanzen zu bestaunen. Manchmal ließ Marco die Drohne aufsteigen, die das reiche Leben in den Baumkronen dokumentierte. Nick speicherte die Filme für Lynn auf dem Smartphone.

„Oh je! Mein letzter freier Chip!", rief Lynn, akribisch ihre Taschen durchsuchend.

Marco blinzelte Nick zu. „Wir müssen ja morgen auch schon ans Packen denken. Der Weg zur Lichtung, wo der Hubschrauber landen kann, ist weit."

„Sind wirklich schon fast fünf Wochen um?!", rief Lynn erschrocken.

Dass der wundervolle Urlaub tatsächlich zu Ende ging, begriff sie am Abend, als das ganze Dorf mit ihnen den Abschied feierte. Paco, der Hund, der sie in der ersten Nacht so sehr erschreckt hatte, lag neben ihrem Schemel und ließ sich kraulen.

Die alten Männer erzählten, extra für ihre Gäste, die wundersamsten Geschichten und Legenden, die sich um den Urwald und seine Geschöpfe rankten. Geschickt bauten sie das Knacken des Holzes im Lagerfeuer, die nächtlichen Schreie der Tiere und das Säuseln des Windes in ihre Beschreibungen der vielen Naturgeister ein, sodass Lynn manchmal ein kalter Schauer über den Rücken lief.

„Ich habe heute Abend unzählige Anregungen für neue Bilder bekommen", freute sich Nick, bevor sie ihre letzte Nacht im Zelt verbrachten.

Marco strahlte. „Fantastisch! Dann habe ich wohl doch alles richtig gemacht!"

„Unbestritten!", bekräftigte Lynn. „Vor allem war es gut, erst heute von den Wesen der magischen Welt erfahren zu haben. Ich hätte mich sonst vielleicht doch im Urwald gegruselt."

Emilia Galotti

Vier Männer aus dem Dorf begleiteten ihre Gäste durch den Dschungel zum Treffpunkt mit dem Hubschrauber und halfen beim Tragen des Gepäcks. Sie verabschiedeten sich herzlich, bevor der Heli kam.

Nach einer Stunde Warten wurde Marco langsam unruhig. „Eigentlich müsste er schon da sein."

„Ist aber auch nichts zu hören", stellte Nick fest, nachdem er intensiv in alle Richtungen gelauscht hatte.

„Kannst du ihn per Handy erreichen?", fragte Lynn.

Sie hatten in den letzten Wochen die Geräte kaum genutzt, weil keinerlei Empfang gewesen war. Aber sie steckten in den Außentaschen der Rucksäcke.

Marco zog sein Smartphone hervor. „Ich kann es ja mal versuchen." Kurz darauf schüttelte er den Kopf. „Das wird nichts."

„Wir haben uns doch aber auch nicht im Tag vertan", überlegte Nick laut.

„Ganz gewiss nicht", schmunzelte Marco. „Üben wir uns einfach in Geduld. Flugtickets kann man notfalls umbuchen."

Lynn erschrak. „Mal bloß nicht den Teufel an die Wand!"

Nick lachte. „Da ist er mir aber lieber, als wenn er mit im Flugzeug sitzt."

„Auch wahr", gab Lynn zu und widmete sich der Beobachtung einiger riesiger Schmetterlinge, die sie, weil die Speicher der Kamera rappelvoll waren, mit dem Handy fotografierte. Und da sie es schon mal in der Hand hielt, schaute sie etwas genauer darauf. „Heh, heh, heh!", jubelte sie. „Ich habe Netz!" Sie reichte es Marco: „Bitteschön, dein Einsatz!"

„Ich bin unterwegs!", hörten sie Raoul sagen. „Es ging leider nicht eher. In einer halben Stunde werde ich bei euch landen."

„Die könnte verdammt lang werden", murmelte Nick.

Marco wusste, was er meinte, aber nicht aussprach, um Lynn nicht zu beunruhigen – es braute sich nämlich wieder einmal ein Unwetter zusammen, das die Landung gänzlich verhindern konnte. In den letzten Wochen waren sie stets glimpflich davongekommen, aber das konnte sich von Fall zu Fall grundlegend ändern.

Es dauerte nicht lange, bis Lynn Lunte roch und besorgt die schwarzen Wolken beobachtete, die sich unaufhörlich näher schoben und aus denen es zu rumpeln begann. Doch vor Ablauf der halben Stunde mischte sich das flappende Geräusch des Helis darunter.

„Ziemlich dramatischer Auftritt", witzelte Marco, seinem Freund die Hand drückend.

Eilig verstauten sie das Gepäck, schnallten sich an und mit Beginn des Regens stieg der Hubschrauber auf.

„Behaltet, wenn möglich, das Frühstück drinnen", bat Raoul grinsend, verbissen gegen die tückischen Windböen kämpfend.

„Geht klar", erwiderte Lynn. „Ich mochte Achterbahnfahrten schon immer sehr."

„Das kommt dem auch ziemlich nahe", murmelte Nick, weil das Fluggerät heftig ins Taumeln geriet.

„Ich bin Kummer gewöhnt", tröstete ihn der Pilot. „Sonst wäre ich bei der Wetterankündigung kaum losgeflogen. Sind wir gut bis hierher gekommen, schaffen wir auch die perfekte Landung. Irgendwie runterkommen, überlasse ich mit Freuden anderen." Er konzentrierte sich sofort auf das Landekreuz neben der Halle. „Ihr nehmt den roten Geländewagen da vorn. Schlüssel steckt. Ich hole ihn mir morgen am Flughafen ab. Werft den Zündschlüssel einfach in das Safefach des Institutes. Macht es gut, liebe Freunde." Er sprang aus dem Heli, kaum dass die Rotoren still standen, und überließ die drei Reisenden wieder den schweigsamen Männern mit den Overalls. Zehn Minuten später quälte sich das Auto durch das Unwetter zum Hotel.

„Muss ich mein Wurfnetz bereit halten, oder geht es diesmal ohne Drohne", witzelte Marco, der auch jetzt das Zimmer direkt neben ihnen bezog.

„Packe es vorsichtshalber nicht zu weit weg", schlug Nick vor. „Vielleicht lauert Donna Emilia ja doch in irgendeiner Ecke."

Während Lynn duschte und sich in die fragile Dame zurückverwandelte, als die man sie in Sirmione kannte, telefonierte Nick mit seinem Vater und erfuhr wenig Erfreuliches, über das dieser erst sprechen wolle, wenn man sich endlich wiedersehen werde. „Macht euch aber um mich keine Sorgen, mir geht es wirklich gut", beteuerte er. „Grüße Lynn und auch Herrn Falconetti von mir. Bis bald!"

Logisch, dass Nick die Worte seines Vaters bei Tisch wiederholte. „Er klang derart erleichtert, als er meine Stimme vernahm, dass ich mir doch mehr Sorgen mache, als er es sich vielleicht vorstellen kann", fügte Nick hinzu. „Möglicherweise hat jemand sein privates Telefon angezapft, weil er gar nichts sagen wollte."

Lynn nickte mit zusammengezogenen Augenbrauen. Marco schlug mit der rechten Faust in seine linke offene Hand, wobei er ganz den Eindruck machte, sie lieber anderen Leuten mitten ins Gesicht drücken zu wollen. Alle drei zwangen sich, das Thema nicht auszuweiten, weil sie nicht sicher waren, nicht auch belauscht zu werden. So sprachen sie über die vergangenen Tage, die Fledermäuse, Vögel und Insekten, denn Lynn hatte die flugfähige Fauna tief ins Herz geschlossen. Die riesigen, oft wundervoll glänzenden Käfer, hatten sogar Nick beeindruckt.

Natürlich hofften alle drei, nicht von Fliegen gestochen worden zu sein, die zur Vermehrung Eier unter die Haut applizierten.

Nach dem abendlichen Duschen suchten Lynn und Nick sich gegenseitig den Rücken ab, wie sie es auch in den letzten Tagen immer getan hatten, seit einer der Dorfbewohner Larven bei seinem Hund entdeckt und diese sofort entfernt hatte.

Nicks Hände huschten nun, wo sie seit Wochen das erste Mal wieder allein waren, nicht nur über Lynns Rücken.

„Komm unter die Decke", wisperte sie, „da fühle ich mich sicherer."

Nick löschte das Nachttischlämpchen und folgte der Aufforderung, wo er mit Zunge und Fingerspitzen von Lynns Lippen aus langsam tiefer glitt, ihre Brüste liebkoste und wenig später zwischen ihren Schenkeln für eine Explosion der Gefühle sorgte. Sie zog ihn im Glücksrausch zu sich empor und Nick fand die wochenlang schmerzlich vermisste Erfüllung.

„Das hat mir gefehlt", flüsterten sie völlig synchron und mussten lachen.

„Es war ein wundervoller Urlaub, aber ich freue mich nun sehr auf zu Hause", seufzte Lynn, sich zum Schlafen in Nicks Arme schmiegend.

Viel zu zeitig, um im Hotel frühstücken zu können, mussten sie zum Flughafen aufbrechen. Sie packten gemeinsam das Auto, checkten zusammen aus und Marco steuerte das Gefährt durch fast leere Straßen. Am vereinbarten Platz verließen sie es und schleppten das Gepäck die letzten Meter bis zur Abfertigungshalle.

„Hatte ich eigentlich schon erwähnt, dass ich mit nach Italien fliege?", fragte Marco in der Warteschlange.

„Nein, hast du nicht", staunte Lynn. „Ist aber eine tolle Nachricht. Wir haben uns schon gewundert, warum du hier mit anstehst."

„Gibt es wissenswerte Gründe?", fragte Nick interessiert, worauf Marco vielsagend auf seine Nase deutete.

Offenbar roch er wieder eine Story, die er sich nicht entgehen lassen wollte.

„Doch nicht etwa Emilia?", erschauerte Lynn, weil der Reporter aussah, als habe er die ganze Nacht gearbeitet, statt geschlafen.

Die zustimmende Kopfbewegung fiel so knapp aus, dass sogar Nick erschrak. Marco hatte also wirklich nicht geschlafen, stattdessen empfangene Informationen ausgewertet und sich entschlossen, die beiden nicht aus den Augen zu lassen. So wie er es mit einer mitreisenden italienischen Geschäftsfrau tat, die man plötzlich aus unerfindlichen Gründen aus der Ersten Klasse, hierher geführt hatte. Das Gezeter wirkte für seinen Geschmack zu inszeniert. Dem Pärchen, das man dafür eine Klasse höher umsetzte, war das sicher völlig egal.

Marco sezierte die Dame fast mit seinen Blicken. Sie war zu aufgestylt, um Business Class zu reisen. Die hochhackigen Lackpumps denkbar ungeeignet für einen Flug auf diese Distanz und die Arroganz, mit der sie die Stewardessen behandelte, reizte zum Widerspruch. Was bezweckte sie?

„Ist sie das?", raunte Lynn, die nervende Person in der Spiegelung des Fensters taxierend.

„Vermutlich", wisperte Marco.

Lynn machte zwei Aufnahmen, die sie als Selfies tarnte, das Gesicht der Fremden aber perfekt traf, ehe die sich ihrerseits auf die Beobachtung der Nachbarreihe einrichtete.

Nick grinste und Marco hob den Daumen.

„Wenn die wüsste, dass ich sie schon in zwei anderen Masken fotografiert habe, würde sie nicht so entspannt mitfliegen", bemerkte Lynn und bekam die volle Zustimmung beider Männer.

Marco richtete sich seinen Platz direkt zum Schlafen ein, denn er hatte eine ganze Nacht nachzuholen. Auch die beiden anderen dösten eher schläfrig vor sich hin.

Donna Emilia wollte miterleben, wie Nick und Lynn nach Italien zurückkehrten. Denn da hatte sie einiges vorbereitet. Die Anwesenheit Falconettis machte ihr wenig Kopfzerbrechen. Den würde sie später abservieren. Diesmal gab sie sich auch nicht die Mühe, auf dem Zwischenstopp die Maske zu wechseln, so sicher war sie sich ihrer Sache. Jetzt musste nur noch dieser vermaledeite Weinhändler, zur rechten Zeit am rechten Ort erscheinen. Es würde den Sohn tief treffen, gäbe sie dem Vater den Rest.

Marco war auf dem Stopp im Laufschritt verschwunden und Nick hatte vermutet, er suche ein stilles Örtchen für besonders dringende Verrichtungen, die im Flugzeug nervenaufreibend sein konnten. Er kam so spät wieder, dass sich Lynn langsam Sorgen machte, er könne das Einchecken verpassen. „Alles gut?", fragte sie, als er angehetzt kam.

„Mir ging es nie besser", schmunzelte Marco. „Es ist ein wundervoller Tag. Ist die Bitte sehr vermessen, am Fenster sitzen zu dürfen?"

„Keineswegs!" Lynn überließ ihm ihren Platz, denn er fragte sicher keinesfalls grundlos, wie auch Nick sehr genau wusste.

Interessant wurde die Sache, als er eine halbe Stunde vor der Landung das Teleobjektiv an seine Kamera schraubte und sich buchstäblich auf die Lauer legte. Das Klacken verriet, dass er im Anflug auf den Airport ganze Serien von Aufnahmen schoss und seine Mundwinkel immer höher wanderten.

Da setzte der Silbervogel schon auf, rollte aus und alle drängten zum Ausgang. Als eine der Ersten Donna Emilia. Nick griff nach dem Smartphone, um ein Taxi zu ordern.

Marco hielt seine Hand fest. „Nur die Ruhe. Es ist alles schon in die Wege geleitet."

Der merkwürdige Unterton ließ Nick aufhorchen.

„Vertrau mir." Marco fischte das erste Gepäck vom Band, welches Lynn bewachte, damit beide Männer in Ruhe die anderen Rucksäcke holen konnten.

„Ziemlich viel Polizei", stellte Nick auf dem Weg nach draußen fest.

„Die suchen wohl jemanden", ließ Marco fallen, während sie mit ihrem Gepäckwagen die Halle verließen und auf einen Kleinbus mit getönten Scheiben zusteuerten, den der Reporter als ihr Privattaxi bezeichnete.

Obwohl sie das Gepäck einluden, drehte sich der Fahrer nicht einmal um. Marco drückte einem Halbwüchsigen, der herumlungerte, zehn Euro in die Hand, auf dass er den Wagen in die Halle zurückbringe. Das schnell verdiente Geld bewirkte, die Bitte sofort in die Tat umzusetzen. Lynn wollte gerade die Tür des Wagens öffnen, als es hektisch wurde. Donna Emilia erschien auf der Treppe, sah sich mit wütendem Gesicht um und trug beim nächsten Wimpernschlag Handschellen. Angelegt von Zivilfahndern, die plötzlich aus zwei unscheinbar wirkenden Autos sprangen.

„Was war das denn?!", rief Lynn erschrocken.

Nick schaute Marco an. „Du hast nicht zufällig deine Finger im Spiel?"

„Ich??? Unterstellungen! Nur Unterstellungen!" Das zutiefst zufriedene Grinsen strafte ihn Lügen. „Hauen wir ab!"

Nick und Lynn stiegen ein und erstarrten – vom Fahrersitz strahlte sie Vincenzo an: „Herzlich willkommen, meine Lieben!" Er verstaute soeben sein Handy in der Konsole, drückte Falconetti, der vorn eingestiegen war, hocherfreut die Hand. „Schön, Sie zu sehen, und danke für alles!" Mit den Worten: „Ab, zu mir nach Hause, wo wir ganz in Ruhe reden können", startete er den Motor.

Die drei Reisenden erzählten ihm deshalb ausschließlich die Erlebnisse aus dem Dschungel. Vincenzo lachte besonders über Lynns nächtliches Monster, das sich als Hund entpuppt hatte. „Und hast du endlich genug von Fledermäusen?", fragte er schmunzelnd.

„Wo denkst du hin?! Ich überlege, ob man bei uns zu Hause nicht eine Infrarotkamera installieren kann, ohne die Flattermänner zu stören, damit ich ein bisschen in die Kinderstube kiebitzen kann", antwortete sie kichernd.

„Ich fahre übrigens durch, falls nicht jemand aufs Töpfchen muss", erklärte Vincenzo. „Ich habe für heute Abend einen Cateringservice bestellt, damit wir uns völlig ungestört unterhalten können. Ich bin so froh, dass es euch allen gut geht!"

Lynn legte ihm von hinten eine Hand auf die Schulter. „So, wie du das ständig betonst, scheint Schlimmes geschehen zu sein."

Vincenzo streichelte sanft ihre Finger. „Das kann man durchaus so sagen."

Marco fasste blitzschnell nach dem Lautstärkeregler des Autoradios. „... wurde die Betrügerin Teresa Ciccone festgenommen, in deren Handtasche man eine Ampulle Nervengift fand. Ciccone ist die Mutter des vor einigen Monaten wegen Polygamie, mehrfachen Betruges, Mordversuchs und vollendetem Mord verurteilten Mario Bianchi."

„Oh, mein Gott!", hauchte Lynn.

Vincenzo schluckte hart. „Das Zeug war für mich vorgesehen, um durch meinen Tod Nick den Rest zu geben, wie Herr Falconetti herausgefunden hat. Ich bin froh, dass Herr De Luca auf dessen Wort vertraut und sofort die Behörden informiert hat."

„Jetzt wisst ihr, was ich nachts im Hotel und so eilig auf dem Zwischenstopp getrieben habe", schmunzelte Marco. „Lynns Fensterplatz wollte ich haben, um Bilder vom Großaufgebot der Polizei machen und sehen zu können, ob der schwarze Transporter am vorgegebenen Punkt stand. Herr Tozzi sollte schließlich einen Logenplatz haben, wenn man die durchtriebene Person in Gewahrsam nimmt. Ich denke, er hat schöne Fotos davon gemacht."

„Wunderschöne!", rief Vincenzo. „Sie hatte mich nämlich gebeten, sie heute abzuholen, wenn sie aus dem Urlaub kommt. Was mir nicht wirklich gut bekommen wäre, wie ihr nun wisst." Er verließ die Autobahn. Bald schon öffnete sich das große Tor, und er parkte den Wagen hinterm Haus.

Die drei nahmen nur die persönlichen Dinge mit hinein und Marco bekam sofort ein Gästezimmer. „Die anderen kennen sich aus", blinzelte Vincenzo.

Nick war als Erster geduscht und umgezogen. Er half seinem Vater, den Tisch im Wohnraum vorzubereiten, stellte Geschirr und Gläser bereit. Lynn bezog für Marco das Bett, sobald er fertig eingekleidet war. Dann kam das Abendbrot und die vier eröffneten den Abend mit Vincenzos teuerstem Champagner.

„Der ist dem Anlass angemessen", seufzte er, weil Marco die Flaschen kopfschüttelnd betrachtete. „Trinken wir auf das Leben!", rief Vincenzo, mit allen anstoßend.

„Der Spruch ist ungewöhnlich", stellte Nick mit prüfendem Blick fest.

Sein Vater fasste hinter sich, öffnete blind einen Schub und zog eine Zeitung hervor. Auf dem Titelblatt stand: *Flugzeug im Dschungel abgestürzt – Nick Feretti und seine Lebensgefährtin vermisst.* Auf einem flächendeckenden Foto des vermeintlichen Wracks. „Massimo hat das gleiche Machwerk im Briefkasten gehabt, das auch bei euch im Laden abgeben wurde. Nur haben wir erst nach zwei Tagen kapiert, dass es Fakenews waren. Da hatte ich schon De Luca und sämtliche Behörden kopfscheu gemacht.

Kurz darauf erschien diese impertinente Person *Emilia* wieder hier. Sie habe ihren Urlaub kurzfristig umgebucht, worüber sie ja so froh sei. Das waren mir dann doch etwas zu viele Zufälle und ich habe mein Versprechen eisern durchgezogen, sie nicht empfangen zu wollen. Als ich endlich Nicks Stimme wiederhörte, fielen mir ganze Gebirge vom Herzen. Dann meldete sich plötzlich zu nachtschlafener Zeit Herr Falconetti und gab mir ein paar überaus nützliche Tipps, die ich heute getreulich umgesetzt habe."

Nick erzählte jetzt detailliert, was ihnen auf dem Flug in den Urlaub widerfahren war, wie Marco die Drohne eingefangen und einen Hubschrauberflug besorgt, weil jemand am Auto geschraubt hatte.

„Das passt genau mit der Zeit zusammen, wo diese Person wieder hier auftauchte!", rief Vincenzo. „Sie konnte euch im Urwald nicht den Garaus machen, weil ihr ihr entwischt seid, also hat sie es auf Umwegen auf und nach dem gestrigen Flug versucht. Damit, dass ich wegen der Zeitungsente nicht gleich völlig durchdrehe, hat sie wohl auch nicht gerechnet. Vermutlich wollte sie mich zu Tode trösten."

„Und ich habe bis zuletzt gehofft, mich geirrt zu haben", seufzte Lynn. „Es tut mir so leid!"

„Irrtum habe ich nicht erwartet", warf Nick ein. „Du und Marco, ihr habt beide das richtige Näschen für faule Geschehnisse."

„Deswegen haben es sich beide verdient, am diesjährigen Unternehmerball teilzunehmen", dozierte Tozzi. „Wobei ich sehr dafür wäre, wenn der Herr Reporter gleich noch die Berichterstattung übernimmt, damit mal ein wirklicher Spitzenmann zum Zuge kommt."

„Na, aber gerne doch!", strahlte Marco. „Langsam möchte ich auch wieder in der Heimat Fuß fassen."

„Fantastisch, also zwei Karten für Herrn Falconetti mit Begleitung, zwei für Feretti mit Begleiterin und schon ist mein Budget ausgeschöpft und gut verteilt", freute sich Vincenzo.

Lynn angelte sich zum Nachtisch noch ein paar Weintrauben. „Wie kommen wir morgen nach Hause?"

„Ich fahre euch natürlich!", rief Vincenzo.

„Und ich nehme den gemieteten Schwarzen mit nach Mailand, wo ich ihn auch zurückgebe", verriet Marco.

„Aber erst, wenn die Kiste Schampus eingeladen ist, die ich Ihnen bereitstellen werde, weil Sie mir die beiden hier wohlbehalten zurückgebracht haben!", merkte Vincenzo an.

Alle vier räumten die übriggebliebenen Speisen in Vorratsbehälter, säuberten das geliehene

Geschirr und stellten es mit den Wärmeplatten zur Abholung bereit.

„Was für Nervengift wird wohl in der Ampulle gewesen sein?", fragte Lynn unvermittelt.

„Substanzen von Pfeilgiftfröschen, denke ich", antwortete Marco. „Mit wenigen Milligramm könnte man ganze Völkerstämme ausrotten."

„Klingt wahrscheinlich", murmelte Nick, „und wäre im Dschungel am wenigsten aufgefallen."

„Ja, dann hätten die dummen Europäer eben was angegrabscht, das sich mit ganzer Haut zu wehren wusste", spann Lynn den Faden weiter. „Teuflischer Plan."

„Liegt wohl in der Familie", grinste Vincenzo. „Wenn der Sohn eine böse Fee ist, wundert sich keiner, wenn die Mutter genau so verschroben daherkommt."

„Wenigstens hast du deinen Humor nicht verloren", freute sich Lynn.

„Ich hoffe immer noch, dass irgendwo auf der Welt eine Frau, ohne irgendwelche bösen Hintergedanken, auf einen wie mich wartet. Nick hat ja schließlich auch noch eine von den guten Feen abbekommen." Vincenzo wünschte allen eine zauberhafte Nacht.

Marco lag lange wach, weil ihm Tozzis letzte Worte nicht aus dem Kopf gingen. Doch irgendwann schlief er mit einem zuversichtlichen Lächeln auf den Lippen ein.

Als das *junge Volk,* wie es Tozzi schmunzelnd ausdrückte, am nächsten Morgen wach wurde, hatte er schon ein reichhaltiges Frühstück vorbereitet. Die Männer bekamen Espresso und Lynn ihren geliebten Cappuccino mit viel Milchschaum. Vincenzo hatte lange geübt, das Getränk extra für sie mit einer Palmblattverzierung mit Herzchen an der Spitze zu versehen, und freute sie nun diebisch über Lynns große, erstaunte Augen. „Ich liebe es, wenn ein Tag so beginnt", lachte er, das ehrliche Lob der drei gern entgegennehmend.

„Hast du dir bei Massimo Rat geholt?", fragte Nick und bekam ein Kopfschütteln.

„Ich habe mir stundenlang Ratgeberfilmchen im Internet angeschaut", verriet sein Vater. „Fragt nicht, wie viele Versuche ich gebraucht habe, das richtige Gefühl zu bekommen! Aber nun habe ich drei Muster im Repertoire, um auch mal einen Geschäftsfreund zu verblüffen", fügte er stolz hinzu.

Marco schüttelte schmunzelnd den Kopf. Er fühlte sich wohl in dieser Runde und er freute sich schon jetzt auf den Ball in ein paar Tagen, wo er alle wiedersehen werde.

Tozzi drückte ihm zum Abschied ganz fest die Hand und passte auf, dass der versprochene Champagner bruchsicher verstaut wurde. Dann half er Nick, die Rucksäcke in seinem Auto unterzubringen. Lynn enterte die Rückbank, damit sich Vater und Sohn auf Italienisch unter-

58

halten konnten, ohne schreien zu müssen. Sie werde schon früh genug erfahren, was wirklich wichtig war.

So checkte sie am Smartphone E-Mails und stimmte sich langsam wieder auf das Alltagsgeschehen ein. Zu Hause in Sirmione tobte der übliche Touristenwahnsinn und kurz hinter dem Tor zur Altstadt stand Vincenzo Schweiß auf der Stirn. „Mamma mia!", stöhnte er. „Ich bewundere, wie ihr das aushaltet!"

Vor dem Haus lud Nick alles aus und Lynn begleitete Vincenzo zur Tiefgarage, wo er sogar unangemeldet einen freien Gästeparkplatz ergatterte.

„Am besten gehen wir zu Massimo essen", schlug sie vor.

Vincenzo grinste vergnügt, weil Nick genau die gleichen Worte sagte, als sie in die Wohnung traten. Nick und Lynn waren sich immer einig bei Entscheidungen. Die Männer ließen Lynn die Zeit, nach ihren Pflanzen zu schauen, die Rosanna wieder perfekt versorgt hatte. Nick sichtete nur kurz die Absender der vielen Briefe. Nichts dabei, was keine Zeit bis zum nächsten Morgen gehabt hätte.

Adriana brach fast in Freudentänze aus, als Lynn und Nick bei bester Gesundheit plötzlich im Geschäft erschienen, weil sie die direkte Treppe genommen hatten. „Ist das schön, euch zu sehen!", rief sie immer wieder. „Von der grauenhaften Zeitungsmeldung war, bis gerade eben, ein komischer Beigeschmack geblieben. Nun ist alles wieder gut!"

Massimo ließ bei ihrem Anblick sogar das Geschirr fallen, welches er in die Küche tragen wollte. Das schrille Scherbeln lockte Rosanna herbei, die Lynn sofort mit Tränen in den Augen an sich drückte, wie es Massimo mit Nick tat. Die erstaunten Gesichter der Gäste ignorierten sie. Vincenzo wurde ebenfalls geherzt und schon bekamen sie ihren Tisch in der Nische. Massimo servierte die Getränke. Er kannte das Lieblingsessen der drei, sodass er gar nicht nachfragte.

Für Lynn brachte er vorab ein Häppchen frittierte Calamari, die sie immer wieder mit Begeisterung aß. Bei Massimo hatten sie stets genau die richtige Konsistenz, waren weder zu zäh noch zu matschig.

„Wenn ich dich so sehe, mag ich gar nicht glauben, dass wir uns in den letzten Wochen hauptsächlich von Fisch ernährt haben", lachte Nick.

„Keine Sorge, ich werde dann auch bei der Pasta zuschlagen", prophezeite Lynn blinzelnd. „Die hat mir nämlich gefehlt."

Als Massimo das Hauptgericht brachte, erfuhr er aus erster Hand, was sich bis zur Inhaftierung der angeblichen Emilia Galotti ereignet hatte.

„Und alles nur, weil ich in der Schule aufgepasst habe", witzelte Lynn. „Ob sie von dem Trauerspiel Kenntnis hatte, oder der Name purer Zufall war, ist dabei völlig egal. Hoffentlich gibt es in deren Sippe nicht noch mehr Irre. Langsam reicht mir die Aufregung nämlich."

„Das sind wir mindestens schon drei", seufzte Vincenzo.

Als er sich nach dem Essen sofort auf den Heimweg machte, räumten Lynn und Nick die Taschen aus und trugen die Kleidung zur Waschmaschine. Lynn zog gleich noch T-Shirt und Jeans aus, weil sie sich beim Essen bekleckert hatte. Nick war stehen geblieben, schaute interessiert zu und meinte, als die Maschine lief, mit funkelnden Augen: „Ich schau mal nach, ob die Haut auch Flecke vom Dressing hat." Er nahm Lynn auf die Arme und trug sie zum Bett, wo er mit der Zungenspitze nach den nicht vorhandenen Spritzern fahndete.

„Vanillesoße wäre wohl besser gewesen", flüsterte Lynn, ihn tiefer dirigierend.

„Du bist unersättlich", wisperte Nick, während BH und Höschen achtlos auf dem Fußboden landeten.

Lynn zog ihn fest an sich. „Aber sicher doch. Schließlich habe ich genau diesen Ruf zu verlieren."

So wie Nick wieder nach oben glitt, drehte er sich auf den Rücken, Lynn auf seinen Schoß ziehend.

„Bequemling!", rief sie belustigt. „Wenn ich es jetzt genau so halte, musst du auf das nächste Erdbeben warten."

„Meinst du?" Nick drückte sein Becken nach oben, hob sie aus, zugleich sehr tief mit seinem Penis eindringend.

„Ohhh jaaa, Stärke zwölf!", stöhnte Lynn und sorgte freiwillig, mit einem wilden Ritt, für die entsprechenden Nachbeben.

„Mit Vulkanausbruch, dessen Lava den weit offenen heißen Spalt randvoll geflutet hat", grinste Nick.

Lynn gab ihm einen leichten Klaps auf die Schulter, begann aber im nächsten Augenblick schallend zu lachen. Ihr Kopfkino hatte mit Brachialgewalt auf Slapstickkomödie geschaltet.

Selbst am späten Nachmittag musste sie immer wieder kichern, wenn sie an Nicks Worte dachte. Die Arbeiten im Haus gingen ihr deshalb besonders leicht von der Hand, sodass sie bereits einige geschäftliche Dinge ordnen konnte.

Abends meldete sich Rechtsanwalt De Luca, dem schon der Bericht der Behörden von der Ergreifung Teresa Ciccones vorlag.

„Kommen Sie rüber!", bot Nick an. „Das sollten wir bei einer guten Flasche Wein besprechen."

„Dann stelle ich Ihnen aber die Taxikosten in Rechnung", schmunzelte der Anwalt.

„Tun Sie das!", lachte Nick, Lynn zublinzelnd.

Trotz des ernsten Hintergrundes wurde es ein lustiger Abend, denn die beiden erzählten mit einem ordentlichen Schuss Humor von den

Nachstellungen durch Ciccone und was Marco Falconetti daraus gemacht hatte.

„Woher hat dieser Teufelskerl nur immer seine Informationen?!", rief De Luca beeindruckt.

Lynn deutete lächelnd auf ihre Nase.

De Luca zog einen Bogen Papier hervor, welchen er mit der Schrift nach unten auf den Tisch legte, als man auf die Zeitungsente zu sprechen kam, nach der ihr Flugzeug abgestürzt sein sollte. „Es gab eine zweite Stufe", erklärte er, das Blatt umdrehend und ihnen zuschiebend.

„Oh, mein Gott!" Lynn schlug die Hände vor das Gesicht. „Das hätte deinem Vater den Todesstoß versetzt!"

Nick war blass geworden und musste Lynn recht geben. Das, was da vor ihnen lag, war der Druckentwurf einer Todesanzeige mit Begräbnisort und -zeit für sie beide.

De Luca nahm das Schriftstück wieder an sich. „Nur gut, dass der Verlag durch all den Trubel um Sie beide gewarnt war und mich vor der Veröffentlichung kontaktiert hat. Ich habe es Ihrem Vater übrigens nicht zur Kenntnis gegeben. Es wäre ihm wirklich nicht sonderlich gut bekommen, selbst wenn ich geschworen hätte, dass es Ihnen gut geht. Die Dame schreckt, wie ihr sauberer Sohn, vor nichts zurück. Aber für heute genug davon! Schauen wir uns lieber Ihre wundervollen Urlaubsbilder an."

Lynn schob einen Speicherchip in den Slot und alle sahen zum ersten Mal die Aufnahmen im Großformat.

„Ach, du lieber Himmel!", stöhnte De Luca. „Das ganze Getier hätte mir einen gelinden Grusel verursacht. Ich wäre schreiend davongerannt. Ich bekomme schon Panik, wenn ein Maikäfer auf mich zufliegt. Beim Anblick dieser Riesenkäfer, ohne eine schützende Glasscheibe dazwischen, hätte ich einen Herzstillstand erlitten."

„Zeig mal die Bilder aus dem Flugzeug", riet Nick und Lynn stöpselte das Handy an.

De Luca, durch die vorherigen Berichte gewarnt, nahm die drei beschriebenen Personen unter die Lupe. „Die kommt nur nicht noch näher, weil sie irgendwann doch gemerkt hat, dass sie beobachtet wird."

„Das konnte ich auf dem kleinen Display nicht mal sehen. Erst jetzt, so riesengroß, wird es offenbar", erwiderte Lynn nachdenklich. „Mich wird sie wohl wie die Pest hassen."

Nick zog sie an seine Schulter. „Hoffentlich hat der ganze Wahnsinn bald ein gutes Ende. Ich möchte einfach nur in Ruhe gelassen werden, glücklich mit dir leben und auch keine Angst um meinen Vater haben müssen. Ist das denn wirklich zu viel verlangt?"

„Ich arbeite daran", versprach De Luca, sich auf die Ankunft seines Taxis vorbereitend.

„Ist spät geworden", stellte Nick fest, als sie das Geschirr abräumten.

„Deshalb werden wir auch ausnahmsweise mal ganz brav gleich schlafen gehen", legte Lynn fest.

„Was?", stotterte Nick überrascht. „Das aus dem Mund meines unersättlichen kleinen Geschöpfchens! Hast du gar keine Angst, diesen Ruf zu verlieren?"

„Doch. Aber ich zahle erst morgen früh Schweigegeld", kicherte Lynn, ihn am Hemdkragen hinter sich her ins Schlafzimmer ziehend.

„Aber sicher doch", sagte Nick in salbungsvollem Ton. „Und die Erde ist eine Scheibe." Dann holte er sich auch gleich sein *Schweigegeld,* zwar wenig kreativ, aber sehr erfüllend.

Dafür erschreckte ihn der Weckton am nächsten Morgen bis ins Mark. Es dauerte eine Weile, bis er begriff, dass das schon der zweite Versuch des Weckers war und es höchste Zeit wurde, den Hintern aus dem Bett zu heben.

In halbwachem Zustand stieg ihm schließlich unwiderstehlicher Kaffeeduft in die Nase, der ihn endlich unter der Decke hervorlockte.

„Schau an! Das Murmeltier!", schmunzelte Lynn, als er im Schlafanzug in der Küche erschien. Sie war schon voll angekleidet, frisiert und allerbester Laune. „In einer Stunde hast du einen Kundentermin im Kalender stehen", merkte sie an.

Nick zuckte zusammen. „Ach, du großer Gott!" Er stürzte eine Tasse Espresso hinunter, rannte ins Bad und versuchte aus dem halben Zombie einen zivilisierten Menschen zu machen.

Lynn saß in der Küche und schüttelte halb fassungslos, halb amüsiert den Kopf. Dafür konnte sich das Ergebnis der plötzlichen Betriebsamkeit wirklich sehen lassen. Sie hatte ihm sogar schon ein Brötchen mit seinem Lieblingsaufstrich bereitet, damit er den Puls langsam wieder herunterfahren konnte.

„Hmm, deine deutschen Gewohnheiten sind einfach klasse", brummte er, zufrieden auf den Teller zeigend.

Lynn hatte immer ein paar vorbereitete Teiglinge in der Gefriertruhe, die sie ganz nach Bedarf rasch aufbacken konnte. Und wenn sie so sah, wie Nicks Gesicht einen behaglichen Zug annahm, freute sie sich, alles richtig gemacht zu haben.

„Zu Hause ist es doch am schönsten", seufzte er, sich die Tasse mit Espresso nachfüllend.

Lynn lächelte glücklich, denn vor nicht einmal allzu langer Zeit, war dieses Zuhause der traurigste Ort auf der ganzen Welt für ihn gewesen.

Die Rückkehr hatte sich, seit sie bei Massimo gesehen worden waren, schnell herumgesprochen und so war nicht nur Nick rundum zufrieden, als Lynn das Mittagessen auftrug. Sie hatte eine Menge Zubehör verkauft, weil die Stammkundinnen auf ein Pläuschchen kamen und es unverfänglich aussehen lassen wollten. „Für Montag habe ich zum Sockenworkshop aufgerufen", verriet sie, „denn der Winter steht auch bald vor der Tür und viele wollen in die Skigebiete fahren. In den vier Wochen danach sind Handschuhe, Mützen, Schals und Tücher dran. In genau dieser Reihenfolge. Du hast noch gar nicht gesagt, um welche Motive es bei deinen neuen Aufträgen geht", stellte sie am Ende fest.

„Du darfst raten", lächelte Nick. „Ich wette, du kommst nie darauf."

„Hm. Scaligerburg."

„Nein."

„Gardasee allgemein."

„Auch nicht."

Lynn schob die Unterlippe vor. „Dschungel oder dessen Tierwelt?"

„Völlig falsch."

„Ach komm! Lass mich doch nicht so zappeln! Ich platze vor Neugier!"

„Und hinterher vielleicht vor Stolz", kicherte Nick. „Er will den Sukkubus in verschiedenen Varianten haben."

„Ooooops." Lynn riss die Augen auf.

Nick nahm ihre Hand. „Für ein Bild habe ich schon eine wirklich düstere Idee. Dem Sukkubus werden riesige Fledermausflügel wachsen und ich wette, er wird die dazu entstehende Serie auch noch mit Kusshand für seinen Nachtclub kaufen." Nach dem Essen begab er sich sofort wieder an seine Staffelei, um die Bilder im Kopf mit Zeichenkohle auf das Papier zu bringen.

Lynn arbeitete akribisch eine neue Bestellung Schlüsselschweinchen ab, wie sie die kleinen Anhänger liebevoll nannte. Sie war gespannt, wie die Gattin des Wurstproduzenten beim Ball wohl diesmal auf sie reagieren werde. Zudem hatte sie vor, für die Damen am Tisch aus Glanzgarn winzige Glückskleeblätter zu häkeln und mit einem silbernen Karabiner zu versehen, sodass man sie auch an einem Charmarmband tragen konnte. Ein Vorrat von 20 Stück war vielleicht nicht übel, falls andere plötzlich danach gierten.

Vincenzo am Ball

Drei Tage vor dem Ball sichtete sie ratlos ihre Festkleidung und konnte sich nicht entscheiden. Für Nick hingegen lag alles schon bereit.

Er fasste sie um die Taille. „Fahren wir Einkaufen. Ich möchte dich in jeder Weise strahlen sehen."

Lynn seufzte. „Das wird wohl wirklich das Beste sein. Das Rote kann ich nicht schon wieder anziehen und alles andere ist zu schlicht für diesen Anlass."

„Stimmt, denn auch hier hast du einen Ruf zu verlieren", schmunzelte Nick. „Den der am stilvollsten gekleideten Dame."

Lynn kicherte vergnügt. Ja, auf dem ersten Ball hatte sie sich wie Cinderella im Schloss gefühlt. Der Neid der meisten anderen Frauen hatte deutlich in deren Augen gestanden. „Fahren wir mit dem Boot nach Garda?"

„Wenn du möchtest, tun wir das", versprach Nick. Lynns Lieblingsboutique hatte sicher wieder etwas zu bieten, das sie zur Königin des Abends machte.

Also schlenderten sie zum Hafen, um gemeinsam das Boot flottzumachen. Lynn legte die Plane zusammen und verstaute sie im dafür vorgesehenen Kasten, Nick checkte die Technik und außen die Bordwände. Das hatte er sich angewöhnt, seit ihnen dieser Bianchi die Sprengladung angeklebt hatte. „Alles in Ordnung. Es kann losgehen."

Lynn setzte sich und schon begann der Motor zu arbeiten. Nick lavierte das große Gefährt gekonnt in die Fahrrinne und musste ausnahmsweise bei Rot etwas länger warten, weil gleich zwei Boote im Gegenverkehr kamen. Dafür wurden er und Lynn überaus freudig von den Skippern gegrüßt. „Schön, dass ihr wohlbehalten zurück seid!"

Genau diese beiden hatten sie damals aus dem Wasser gezogen und Lynn sich mit einer Winterausstattung, also Mützen, Schals und Socken, auf der kleinen Dankesparty bei ihnen und den Crewmitgliedern extra revanchiert. Seitdem kamen immer wieder Bestellungen für die superwarmen und bequemen Stücke auch von anderen Bootsführern. Besonders die Socken waren allseits beliebt.

Lynn genoss die Fahrt, wie jedes Mal, wenn sie auf dem wundervollen See unterwegs waren. Und wie immer machte sie unzählige Fotos.

„Was willst du mit so vielen Bildern?", fragte Nick schließlich.

„Die allerallerschönsten werde ich rastern und zu Stickvorlagen machen", kam sofort die Antwort. „Die sollen dann aber auch wirklich so umwerfend sein, dass man sie mir mitsamt Zubehör aus den Händen reißt. Am besten noch in drei Größen, damit für jeden Geldbeutel was dabei ist."

Weil heute kein Markttag war, bekam sie problemlos einen Liegeplatz im Hafen von Garda, vertäuten das Boot und pilgerten durch die Straßen. Für ein Eis und einen Cappuccino war immer Zeit, so kehrten sie eben ein, weil es bis auf die Straße nach frischen Leckereien duftete. Genau deshalb nahm Lynn zuerst ein Stück Focaccia mit Rosmarin, ehe sie sich dem Eis widmete.

„Fladenbrot, richtig gemacht und mit vielen Kräutern, schmeckt wohl überall auf der Welt", seufzte sie, genüsslich kauend.

Nick stimmte zu, denn das in Puerto Rico war auch sehr lecker gewesen. Besonders jenes, das Marco gebacken hatte. Nick hatte beim Anblick des ganzen Grünkrams, den er kleinhackte, skeptisch geschaut, aber schon vom Duft aus dem einfachen Backofen Appetit bekommen. Nun neckte er Lynn, die selig die Augen verdrehte: „Wenn du so weiter naschst, passt du nicht mehr in dein Traumkleid."

„Dann besticke ich mir eben einen Kartoffelsack mit Pailletten", grinste Lynn.

„Untersteh' dich!", rief Nick entrüstet, worauf sich der Kellner das Lachen verkneifen musste. Die hübsche Brünette würde selbst darin zum Anbeißen aussehen.

Eine halbe Stunde später schwelgte Lynn zwischen allen möglichen Ballkleidern, die mehr oder minder ungeeignet waren. Nick war schon beim Anblick der Farben das Gesicht eingeschlafen. Die Schnitte machten den Zustand nicht besser. Auch nicht die Beteuerung, dass das jetzt der letzte Schrei sei.

„Wohl eher der um Rettung", grummelte er.

„Haben Sie nicht irgendwas Konservatives?", fragte Lynn entnervt.

„Na ja, vielleicht aus der Vorjahreskollektion", erklärte die Verkäuferin, die hier erst neu angefangen haben musste.

„Ich möchte es sehen!" Lynn schaute sie auffordernd an.

Die alte Kollektion hatte man schon von den Bügeln genommen und in einem Schrank deponiert.

„Was ist das da?", rief Lynn, auf einen Zipfel strahlend azurblauen Stoffs deutend, der zwischen grünem und gelbem Wirrwarr herausschaute.

Auch Nick spähte dem, was an dem Zipfel hängen musste, interessiert entgegen. „Hah, das ist was Komplettes!", triumphierte er, weil das gesamte Kleidungsstück blau war.

„Und sogar meine Größe!", staunte Lynn, das Kleid packend und in der Umkleidekabine verschwindend. „Woooooow!", war das Nächste, was er und die Verkäuferin zu hören bekamen. Dann öffnete sich der Vorhang.

„So muss es auf den Prinzen gewirkt haben, als Cinderella erschien", flüsterte Nick überwältigt. Das figurbetonende Kleid war halblang, schulterfrei und hatte im Rock einen Gehschlitz, welcher es zum Tanzen tauglich machte. Dass der Stoff in sich blau gemustert war, sah man erst auf den zweiten Blick.

„Das ist Brokat", sagte Lynn mit halb fragenden Unterton, weil diese Stoffart immer seltener wurde.

„Ja, das ist wirklich Brokat", bestätigte die Verkäuferin.

„Nun brauchst du nur noch die gläsernen Schuhe, dann brennt der Prinz mit dir durch", blinzelte Nick, weil klar war, dass Lynn ihr Beutestück nicht mehr hergeben werde, egal, welchen Preis es habe.

„Da habe ich auch was vom vergangenen Jahr", überlegte die Verkäuferin laut und öffnete einen anderen Schrank, der bis unter die Oberkante mit Schuhkartons gefüllt war.

„Tanzschuhe, keine Stilettos!", stellte Lynn sofort klar und überflog die kleinen Bildchen der Aufkleber mit den Augen.

Acht Kartons standen am Ende auf dem Fußboden und Lynn spähte unter die Deckel. Rot, gelb, grün, weiß ... alles total unpassend. Sich leicht auf die Unterlippe beißend, wie immer, wenn sie völlig ratlos war, öffnete sie den nächsten Karton und erstarrte für einen Moment. Nick schaute fragend, die Verkäuferin ebenfalls, dann nahm Lynn schon einen Schuh heraus, um ihn ins Licht zu halten, ob die Farbe stimmte.

„Aber das ist ja ...!", staunte Nick.

„Genau der gleiche Brokat wie beim Kleid!",
jubelte Lynn und schlüpfte in die Pumps. „Sie
passen!"

Während sich Lynn wieder umkleidete,
begann Nick über den Preisnachlass zu verhandeln. Die Verkäuferin rief schließlich ihre Chefin
an, die auf der Stelle erschien. Es war besser,
sich selbst um die ungewöhnlichen Kunden zu
kümmern.

Schon beim Eintreten schmunzelte sie, wer es
gewagt hatte, die neue Kollektion mit Verachtung zu strafen und sich über die alte her zu
machen. „Schau an, schau an, Frau Wolff und
Herr Feretti." Sie zeigte um sich: „Da muss Ihr
Farbempfinden wirklich viel aushalten. Das Brokatensemble hatten wir als Einzelstück bekommen und niemandem hat es je gepasst. Dann
stand es als Blickfang im Hauptschaufenster, um
schließlich mit den anderen unverkauften Dingen im Schrank zu landen. Ich gebe ihnen 70
Prozent Rabatt, weil ich glücklich bin, die wunderschöne Kreation in guter Obhut zu wissen."

Kaum hatten die beiden dankend und freudestrahlend die Boutique verlassen, gab es für die
Angestellte Nachhilfeunterricht in *who is who* am
Gardasee. „Ich könnte wetten, dass sie es auf
dem Unternehmerball in Peschiera tragen
wird!", fügte die Besitzerin des Ladens hinzu.

„Für das, was wir gespart haben, kaufen wir
noch ein passendes Schmuck-Set", flüsterte
Nick Lynn ins Ohr.

„Im Ernst?!"

„Aber natürlich! Gelbgoldschmuck zerstört die Optik. Weißgold oder Platin mit hellem Markasit würde passen."

„Den habe ich immer als Oma-Schmuck bezeichnet", gab Lynn kleinlaut zu. „Ich habe von meiner Mutter eine ganze Schachtel voll geerbt – Ringe, Ketten, Colliers, Ohrgeschmeide und ein Armband."

„Dann schauen wir erst mal das Vorhandene an", legte Nick fest und setzte belustigt hinzu: „Oma-Schmuck, tz, tz, tz!"

Für die Rückfahrt verstaute Lynn die Einkaufsbeutel in der Kiste mit der Plane, denn der Wind hatte aufgefrischt und kein Tropfen Wasser sollte das wertvolle Kleid verderben. Das schnittige Boot tanzte über die Wellen, als seien sie gar nicht vorhanden. Bevor die aufziehenden Wolken ihre Last entluden, waren sie in Sirmione und legten die letzten Meter zum Haus zurück. Die nun eben ein bisschen schneller.

Sofort nahm Lynn das Kleid aus dem Beutel und hängte es akkurat auf einen Bügel. Die Schuhe stellte sie darunter. „Erst Kaffee oder erst Schmuck?", fragte sie.

„Erst Schmuck", erwiderte Nick. „Wenn wir wirklich noch was besorgen müssen, können wir auch unterwegs einkehren."

Lynn holte das unscheinbare Pappkästchen hervor, von dessen Aussehen keiner auf den Inhalt geschlossen hätte. Obwohl sie den wahren Wert der Erbstücke nicht kannte, hatte sie diese, schon weil es Andenken an ihre Mutter waren, alle einzeln in Watte gepackt, wie sie auch die Juweliere verwendeten.

Nick hielt den Atem an, als sie das erste Päckchen auffaltete. Tropfenförmige Ohrhänger an kleineren tropfenförmigen Ohrsteckern und beide Teile über und über mit winzigen geschliffenen Markasit-Steinen besetzt. „Die sind wundervoll", flüsterte er, einen vorsichtig von Nahem betrachtend.

Lynn hielt sie sich an die Ohren.

„Unglaublich schön!", schwärmte Nick.

Lynn schlug das nächste Watteband auf, das gleich zwei Ringe freigab. Einer passte an den Ringfinger der linken Hand, der andere an den Mittelfinger der rechten.

„Perfekt", murmelte Nick und schaute zu, wie eine schmale Kette, ein Collier und eine große runde Brosche zum Vorschein kamen. „Hattest du nicht etwas von einem Armband gesagt?" Er tastete auf der letzten Watteschicht im Kästchen herum.

Lynn nickte. „Ich bin ganz sicher, dass es eins gegeben hat." Ratlos betrachtete sie ihre Schätze, deren wahren Wert ihr erst Nick verraten hatte. Plötzlich begann sie zu lachen. „Da ist es ja! Ich hatte völlig verdrängt, dass man mit ihm das Collier verlängern konnte!" Sie klippte die beiden Schmuckstücke auseinander.

„Lege Kleid und Schmuck an", bat Nick.

Lynn erfüllte den Wunsch sofort, war sie doch selbst neugierig, wie alles zusammenpassen werde.

„Die Königin des Abends steht für mich jetzt schon fest!", strahlte Nick, mehrmals um Lynn herumgehend.

„Und mir ist gerade eingefallen, was ich mit der Brosche und der Kette anstellen kann", verriet Lynn. „Die Brosche werde ich wie eine Spange im hochgesteckten Haar drapieren und die Kette mit hineinflechten."

Nick hob den Daumen. Er konnte den Samstag kaum erwarten, wo er sich im Glanz seiner hübschen Gefährtin sonnen konnte. Vincenzo quartierte sich für das Wochenende im Gästezimmer der beiden ein. Er kam am späten Freitagnachmittag und spendierte das Abendessen bei Massimo, der hin und wieder fünf Minuten fand, um mit allen einen kurzen Plausch zu halten.

Für den Samstag hatte Nick ein Taxi bestellt, damit alle den Abend entspannt genießen konnten. Als Lynn in ihrer blauen Robe und mit dem aparten Schmuck erschien, wurden Vincenzos Augen tellergroß. „Ich dachte immer, das rote Kleid und den Diamantschmuck könne man nicht mehr toppen! Wie habe ich mich geirrt! Wo habt ihr die wundervollen Markasiten erstanden?"

„Es sind Erbstücke, die ich nie zu schätzen wusste", sagte Lynn kleinlaut.

„Oma-Schmuck, hat sie gesagt!", rief Nick aus dem Flur, wo er mit seinen Schuhen kämpfte, deren Schnürsenkel sich verheddert hatten.

„Kann ich verstehen", seufzte Vincenzo. „Ich habe als junges Kerlchen auch immer Protzklunker gesagt. Aber irgendwann kommt man in das Alter, wo man den Wert und die Schönheit der Dinge endlich klar erkennt."

„Was trägst du eigentlich darüber?", wollte Nick wissen.

Lynn überlegte kurz. „Im Saal eine Stola. Aber ich werde im Taxi lieber einen gefütterten Mantel anziehen."

Als sie am Veranstaltungsort aus dem Auto stiegen, wurden sie herzlich von Marco begrüßt. Der war seit dem frühen Morgen in Aktion, weil er wirklich allumfassend berichten wollte. So filmte er auch für die Abendnachrichten den Einzug der Gäste und mit besonderer Freude den der schönsten Frau des Abends, wie er Lynn schon jetzt titulierte.

Natürlich vermisste man die zweite Person an seiner Seite und Marco sagte: „Keine Sorge, sie wird pünktlich kommen."

Dass nun alle rätselten, ob mit *sie, die* Person oder eine Frau gemeint war, quittierte er mit einem fröhlichen Grinsen und den Worten: „Immer schön neugierig bleiben!"

„War ja klar, dass er sich nicht in die Karten schauen lässt", lachte Lynn. „Sonst wäre er nicht Marco."

Nick nahm Lynn den Mantel ab und gab ihn der Garderobiere. Vincenzo zupfte Lynns Stola zurecht, eine hauchzarte Eigenkreation aus silberfarbenem Garn mit Fünkcheneffekt. Zwischen beiden Männern schritt Lynn zu ihrem Platz und amüsierte sich über das Mienenspiel der schon anwesenden Gäste. Aus den Augenwinkeln bemerkte sie, wie die Gattin des Fleischproduzenten ihren Angetrauten in den Arm knuffte, weil der mit halb offenem Mund den Auftritt der drei bestaunte.

„Morgen wird er einen blauen Fleck haben", konstatierte Lynn und die Männer grinsten vergnügt. Der Ball begann jetzt schon, ihnen Spaß zu machen. Am eigenen Tisch war man in der gleichen fröhlichen Runde wie im vergangenen Jahr, nur dass diesmal Marco Falconetti und seine Begleitung mit eingeplant waren.

Lynn steckte nach dem ersten Smalltalk den Damen die kleinen Mitbringsel zu und erntete einen Beifallssturm, der die Gäste an den umliegenden Tischen neugierig herüberschauen ließ.

„Jetzt wird es interessant", raunte Lynn plötzlich. „Marcos geheimnisvolle Begleitung kommt gerade an und es ist tatsächlich eine Frau!"

Die Männer versuchten unbemerkt, lange Hälse zu machen.

„Sie passen rein von der Optik aber gar nicht zusammen", überlegte Lynn flüsternd, als Marco mit seiner Begleiterin die Außentreppe hinaufstieg. „Sie scheint auch ein wenig älter als er zu

79

sein, obwohl sie sehr gut aussieht und ihr Lächeln sofort zu Herzen geht."

Marco führte seine Dame des Abends am Arm zum Tisch und stellte sie Herrn Tozzi und seinen Freunden vor. „Celestine Navarra, meine Halbschwester."

„Oh, sehr erfreut!" Vincenzo Tozzi war hellhörig geworden. „Sie leben nicht zufällig in Mailand?"

„Genau da und mittendrin", bekam er mit erfreutem Lächeln zur Antwort, während Marco Tozzi erstaunt fragte: „Sie kennen sie?"

„Nur vom Telefon", erwiderte der Weinhändler. „Die Eckdaten meiner angenehmsten Kunden habe ich aber im Kopf und so oft dürfte der Name hier im Land nicht vorkommen, als das er mir nicht auffallen würde."

„Davon hast du mir doch gar nichts gesagt!", rief Marco perplex.

Celestine zuckte mit charmantem Lächeln die Schultern. „Dann hättest du mich vielleicht nicht mitgenommen. Und ich wollte doch so gern den Mann kennenlernen, der es immer wieder schafft, die begehrtesten Spitzenweine und Champagner zu besorgen und der am Telefon so eine warmherzige Stimme hat, wenn mal die Säge klemmt."

„Ich glaube, wir sollten ein wenig Plätze rücken", schmunzelte Nick.

Vincenzo rief begeistert. „Da sage ich beileibe nicht nein!"

So kam es, dass Celestine neben Vincenzo saß, und ihnen gegenüber Lynn, Nick und Marco, der seiner Schwester von ganzem Herzen einen wundervollen Abend wünschte. Er gab ein klein wenig von den Familienverhältnissen preis, indem er erklärte: „Celestine hat erst erfahren, dass sie einen Bruder hat, als unser Vater vor vier Jahren starb und es um die Erbschaft ging."

„Bis dahin habe ich geglaubt, was mir meine Mutter stets erzählte, nämlich, dass mein Vater vor meiner Geburt verstorben sei", berichtete Celestine. „Dass er sie für eine Jüngere verlassen hat, habe ich erst durch Marco erfahren. Und dann habe ich auch plötzlich kapiert, warum sich so ein Spitzenreporter, wie er ist, immer wieder erkundigt hat, ob es mir und meinem Geschäft gut geht. Und warum er immer wieder kurze Artikel in die Presse lancierte, die mir einen gewissen Bekanntheitsgrad in der Branche einbrachten. Danach gefragt, antwortete er nur, weil seine Mutter auch Spanierin gewesen sei. Ich habe nicht einmal gewusst, dass mein Vater die ganzen Jahre über greifbar nah gewesen ist. Marco hat mich als Miterbin angegeben und musste mich mühsam überzeugen, dass ich das wirklich war. Er hat meinetwegen auf nicht unbedeutende Summen verzichtet."

„Ich wiederum habe zwei Jahre eher gesagt bekommen, dass es Celestine gibt. Vater wollte wohl reinen Tisch mit seinem Gewissen machen, als meine Mutter auf dem Sterbebett lag. Also hat er es ihr in meinem Beisein gebeichtet. Dann habe ich natürlich recherchiert und meine Schwester nicht in Spanien entdeckt, wie ich erwartet hatte, sondern praktisch gleich bei mir um die Ecke, in Rom. Ich hätte mich früh nicht mehr im Spiegel ansehen wollen, hätte ich Celestine wissentlich ihren Anteil vorenthalten. Es ist zwar nur eine winzige Wiedergutmachung an dem, was unser Vater verbockt hat, indem er nicht einmal für ihren Unterhalt zahlte, aber sie kam für sie genau zur richtigen Zeit."

„Ich glaube, ich erinnere mich", sagte Vincenzo nachdenklich. „Ein Erdbeben hatte Ihr komplettes Warenlager zerstört."

„Das ist richtig", bestätigte Celestine. „Ich habe dann in Mailand neu angefangen und bin heute noch zutiefst dankbar, dass Sie mir damals Ware auf Kommission geschickt haben."

„Und weil sich keiner von beiden zu fragen getraut", schmunzelte Marco, „beide sind nach wie vor Single. Oooops, nun ist es heraus!"

„Versuche nicht, Schicksal zu spielen! Das mache ich gerade selber!", schimpfte Celestine lustig blinzelnd.

„Gut zu wissen", lachte Vincenzo. „Wie wäre es mit dem ersten Tanz?"

„Aber gerne doch!", strahlte Celestine.

„Besser konnte es gar nicht kommen", sagten Lynn, Nick und Marco wie aus einem Mund, worüber man am ganzen Tisch in fröhliches Gelächter ausbrach.

„Geht ihr eine gute Figur machen, ich stürze mich derweil in meine Arbeit", witzelte Marco, seine Kamera schnappend und die sich rasch füllende Tanzfläche filmend.

Vincenzo und Celestine ließen nicht einen einzigen Tanz aus. Selbst dann nicht, wenn die Musik von Walzer zu Tango und danach zu Cha Cha Cha wechselte.

„Mit so einer Wendung der Dinge hat nicht mal Marco gerechnet", schmunzelte Lynn.

Nick blinzelte vergnügt. Da hatten sich offenbar Seelenzwillinge gefunden, denn die beiden lachten und scherzten die ganze Zeit.

Nach der ersten großen Runde strömten die meisten ans Buffet. Bei ihnen am Tisch blieben alle geschlossen sitzen, als hätten sie sich abgesprochen, weil ja immer wieder aufgefüllt wurde. Man musste also nicht hetzen. Ganz entspannt suchten sie ihre Speisen aus und auch Marco fand sich wieder ein.

Inzwischen waren die Kleeblätter von Hand zu Hand gegangen und die ersten fragten nach, wo sie die wunderschönen Stücke erstehen könnten. Lynn machte sich Notizen. Und ehe sie die Restbestände vor dem Saal verkaufte, überreichte sie Celestine eins als Geschenk, die es sofort hocherfreut an ihr Uhrband klippte.

Lynn verstand sich mit Celestine so hervorragend und auf den Punkt genau, sodass Nick beim Abschied vorschlug, sie solle mit Marco am nächsten Tag vorbeischauen, weil Vincenzo ja auch bei ihnen sei. Man könne sich einen schönen Tag auf dem See machen. Über die großen staunenden Augen von Celestine musste nicht nur Marco herzlich lachen.

„Ich würde mich sehr freuen", betonte Vincenzo.

Celestine lächelte glücklich. „Wir werden kommen. Vielen Dank für die Einladung."

Es war schon fast drei Uhr am nächsten Morgen, als sie nach Sirmione zurückfuhren.

„Um neun klingelt für uns der Wecker", legte Lynn fest. „Marco hat nur ein Glas Wein getrunken, er wird also topfit sein. Um zehn müssen sie auf jeden Fall Auschecken und dann werden sie gleich hierher kommen."

„Ich freue mich darauf", seufzte Vincenzo, im Gästebad verschwindend, um mit Ankunft der beiden ausgeschlafen und in Bestform zu sein.

„Er wirkt glatt zehn Jahre jünger", stellte Lynn lächelnd fest.

„Auf so einen Tag habe ich sehnsüchtig gewartet", freute sich Nick. „Ich denke, da könnte was Ernsthaftes draus werden."

Er duschte mit Lynn gemeinsam, dann kuschelten sie sich aneinander und schliefen aus reinen Vernunftsgründen sofort ein. Immerhin hatte Nick auf dem See für mehrere Personen die Verantwortung und Sorge zu tragen, dass keinem etwas geschah.

Lynn wunderte sich nur, dass er mit dem Weckerklingeln wie von einer Stahlfeder getrieben aus dem Bett schnellte und im Schlafanzug zum Speicher eilte. Mit zufriedenem Lächeln erschien er im Bad.

„Schwimmwesten", sagte er. „Schließlich haben wir nur zwei Rettungsringe."

Lynn küsste ihn auf die Nasenspitze. Dann beeilte sie sich, in die Küche zu kommen, um das Frühstück vorzubereiten. Erstaunt blieb sie in der Tür stehen – der Espresso lief bereits in die Kanne und auch alles andere stand da. Vincenzo saß am Tisch, las die Zeitung und gab mit vergnügtem Grinsen zu: „Ich bin seit zwei Stunden auf den Beinen, weil ich total hibbelig bin."

„Das Hibbelige finde ich schon mal klasse", blinzelte Lynn und wünschte einen zauberhaften Morgen.

Nick blieb Augenblicke später der Mund offen stehen, weil sein Vater ganz selbstverständlich den Küchendienst übernommen hatte und auch er rieb sich vergnügt die Hände, weil Vincenzo keinen Hehl daraus machte, aufgeregt zu sein, wie vor dem ersten Date. „Genau genommen ist es ja so etwas Ähnliches", lachte Nick.

„Ob Jeans und Poloshirt okay sind?", überlegte Vincenzo.

„Aber sicher. Der Ball war gestern", beruhigte ihn Lynn.

Nick grinste vergnügt vor sich hin. Da hatte wohl einer nicht nur Schmetterlinge, sondern eher ein ganzes Geschwader Düsenjäger im Bauch. Vincenzo spähte alle paar Wimpernschläge zur Uhr und grinste ertappt, wenn es jemand bemerkte.

„Bei uns hätte es mundartlich geheißen: Je oller umso doller", gab Lynn auf Deutsch bekannt und übersetzte es danach sinngemäß ins Englische.

„Oh, der Spruch ist gut!", feixte Vincenzo, „Schreibe ihn mir bitte auf!" Lynn tat es und er fotografierte ihn mit dem Smartphone, dann las er ihn gleich noch einmal laut vor. „Ja, das ist nicht von der Hand zu weisen", schmunzelte er.

Der Türgong, einen Wimpernschlag später, überraschte alle und es standen wirklich die beiden erwarteten Gäste vor dem Haus. Nick öffnete und schaute in strahlende Gesichter. „So kann es nur ein guter Tag werden", blinzelte er, Celestine und Marco herzlich begrüßend. „Wo habt ihr das Auto stehen?", fragte er.

„Auf einem der öffentlichen Plätze vor der Burg. Ich habe meine Pressekarte reingehängt, damit man es von Seiten der Behörden in Ruhe lässt", erklärte Marco.

„Ich bin noch nie in Sirmione gewesen. Der kleine Spaziergang hat richtig gutgetan. Er hat mich total neugierig auf euer Zuhause gemacht", gab Celestine zu. „Hier ist es ja absolut romantisch."

„Deswegen schlüpfe ich auch gern mal hier unter", verriet Vincenzo. Er begrüßte Marco mit einem festen Händedruck und Celestine mit einer Umarmung, welche nur zu gern erwidert wurde.

Lynn umarmte sowohl Celestine als auch Marco. „Habt ihr schon gefrühstückt?"

Das verschämte Kopfschütteln von Celestine ließ sie hellauf lachen. „Sie sind wohl auch schon seit Stunden wie eine Tigerin im Käfig herumgewandert?"

„Hach ... ich glaube, das trifft es ziemlich gut", gab Celestine freimütig zu.

„Dann rasch mir nach! Ich setzte gleich noch eine Kanne Espresso an." Lynn eilte voran.

Nick folgte ihr, um den Tisch zu verlängern, Stühle zu holen und zwei neue Gedecke aufzulegen, während sich Vincenzo um Celestine und Marco kümmerte.

„Wie ihr seht, sind wir auch noch beim Essen gewesen", schmunzelte Lynn und wandte sich an Celestine: „Wie möchten Sie Ihr Frühstücksei am liebsten?"

„Hart. Aber eine kleine Bitte, falls die nicht zu vermessen ist: Könnten wir uns alle auf ein Du einigen? Nicht, weil ich allgemein so veranlagt wäre ... ich habe nur die Befürchtung, in der Hitze des Gefechtes die persönlichen Anreden zu verwursteln."

„Aber gerne!", erwiderten Nick und Lynn synchron. Denn man hatte sich ja schon am Abend darauf verständigt, den Vornamen mit dem Sie zu verbinden, um etwas ungezwungener zu sein.

Weil Celestine und Vincenzo schon nach der ersten Tanzrunde beim vertrauten Du angekommen waren, was die anderen drei nicht wirklich verwundert hatte.

Füreinander geschaffen

Vincenzo agierte mit Celestine am Tisch erstaunlicherweise, als würden sie ewig zusammenleben. Lynn fragte sogar verblüfft nach, ob beide sicher seien, sich gestern zum ersten Mal gesehen zu haben.

Marco lachte Tränen. „Ich war stets von den Übereinstimmungen zwischen Lynn und Nick beeindruckt gewesen. Aber Vincenzo und Celestine sind genau so drauf – zwei Schuhe, die zusammengehören."

„Ich möchte ja fast jetzt schon vorschlagen, dass ihr alle noch bis Montag hierbleibt", merkte Nick an. „Wir müssten nur irgendwie die Schlafplätze verteilen, weil wir nur ein Gästezimmer haben."

Marco grinste breit. „Gibst mir einfach einen Schlafsack und ein ruhiges Eckchen, wo keiner über mich stolpert."

Celestine wurde rot, weil Vincenzo kurz mit der Augenbraue zuckte. Am Ende herrschte fröhliches Gelächter und Marco bekam die Zusage auf das schöne gemütliche Sofa im Wohnraum. Lynn rief bei Massimo an, um fünf Plätze für das Abendbrot zu bestellen.

„Was müssen wir dann mitnehmen?", fragte Celestine, die froh war, sich genau so leger wie die anderen gekleidet zu haben. Zu bequemer Hose trug sie ein langes T-Shirt und Sneakers.

„Gute Laune, eine Jacke, den Ausweis und vielleicht die Geldkarte, weil wir, wenn es uns plötzlich überkommt, irgendeinen kleinen Hafen anlaufen werden, um Espresso zu trinken, Eis zu essen oder zu shoppen", zählte Nick auf.

„Also eine kleine Umhängetasche, damit die Hände frei bleiben", fasste es Celestine in wenige Worte. „Passt!"

Hinter der Treppe hatte Nick schon einen Kasten Getränke bereitgestellt, den er jetzt auf eine kleine zweirädrige Transportkarre setzte, welche man teleskopartig zusammenschieben und in der Mitte zusammenklappen konnte, wenn man sie platzsparend verstauen wollte. Zu Celestines großem Erstaunen zog er eine undurchsichtige Folie darüber. Als sie im direkten Areal der Scaligerburg ankamen, wunderte sie sich nicht mehr – es mussten einige Reisebusse voller Touristen gleichzeitig angekommen sein und die kleinen Gässchen quollen über vor lauter Menschen.

„Hier fahrt ihr sonst mit dem Auto durch?!", entsetzte sie sich. „Ich würde Panikattacken bekommen!"

„Man gewöhnt sich dran", winkte Lynn ab.

„Oder auch nicht", seufzte Vincenzo. „Ich bin jedes Mal tropfnass geschwitzt, wenn ich heil durch das Gewimmel gefunden habe. Vor allem kann man aus dem Auto heraus die ganz kleinen Kinder nicht sehen, die buchstäblich überall auftauchen können."

„Wie wohl auch die Fahrzeuge", stellte Celestine fest, als direkt hinter ihnen leise Fahrgeräusche erklangen.

Es war ein Nachbar, der ein kurzes Palaver mit ihnen hielt und sich dann im Schneckentempo weiter durch die Massen schob. Nick lief ihm mit der Karre direkt hinterher, um bequem freie Bahn zu haben.

„Oh, mein Gott, ist das alles romantisch", flüsterte Celestine immer wieder, die uralten Mauern betrachtend. „Rom und Mailand sind ja auch nicht ohne, aber das hier wirkt richtig anheimelnd."

„Deshalb ist Sirmione für mich wohl auch sofort Heimat geworden", sagte Lynn lächelnd. „Und an die vielen Gäste im Städtchen gewöhnt man sich wirklich mit der Zeit. Das ist bestimmt in allen uralten Siedlungsgebieten so, die derartig viele Bau- und Kulturdenkmäler zu bieten haben. Wir leben ja schließlich auch von den unzähligen Fremden."

„So gesehen, hast du vollkommen recht", gab Celestine zu. „Ich merke es ja auch, wenn die Hauptsaison beginnt."

Vincenzo atmete ein, als wolle er zum Sprechen ansetzen, brach aber sofort wieder ab. „Hat Zeit", meinte er lächelnd, weil ihn alle fragend anschauten. „Auf dem Ball hat Celestine gesagt, sie spiele selber Schicksal. Ich ja auch und nun möchte ich nicht durch voreilige Faselei irgendwas kaputt machen."

„Wenigstens weiß ich jetzt, was dir schon alles durch den Kopf geht", blinzelte Celestine.

„Wirklich?", erschreckte sich Vincenzo.

Celestine lachte. „Ich glaube, du wolltest jetzt sinngemäß fragen, ob den Laden nicht auch eine Angestellte führen könne, weil: Punkt, Punkt, Punkt."

Vincenzo starrte sie mit weit aufgerissenen Lidern an. „Hab ich etwa einen Schriftband über die Stirn laufen?!"

Lynn lachte am meisten. „Deine Augen reichen zu. Die sprechen solche Bände!" Sie breitete beide Arme aus.

„Ach herrje!", stöhnte Vincenzo fast verzweifelt.

Celestine hob neckisch die Schultern. „Ich find es richtig gut. Bei dir sehe ich wenigstens, dass alles wirklich von Herzen kommt und ich nicht Gefahr laufe, in irgendeiner Weise durch gespielte Gefühle betrogen zu werden. Ich wälze doch verrückterweise auch Zukunftsgedanken, die ich stets vehement von mir gewiesen habe."

Marco und Nick hatten das Ganze gar nicht mitbekommen, die deckten das Boot auf und verstauten die Getränke. Nick untersuchte die Bordwand der *buona fata*, der *Guten Fee*, dann durfte die Ausflugsgesellschaft einsteigen. Für jeden gab es ein gemütliches Plätzchen und schon legte Nick ab. Die Schwäne und Blesshühner in unmittelbarer Nähe entzückten Celestine sehr. Dass man den Möwen nicht trauen konnte, wusste sie. Nick gab unterwegs für Marco flüsternd Erklärungen, wie und wo sich damals der Mordanschlag abgespielt hatte. Celestine schnappte ab und zu Wortfetzen auf, bei denen ihr eine Gänsehaut über den Rücken lief, und fragt beunruhigt nach, worüber die beiden denn sprächen. Marco erklärte mir wenigen Worten den Sachverhalt.

Celestine wurde blass und stammelte. „Oh, ich bitte vielmals um Verzeihung. Ich habe es zwar in den Nachrichten gehört und auch in der Zeitung gelesen, aber vor lauter Entsetzen völlig verdrängt, weil ich Vincenzo eben als absoluten Ehrenmann von meinen Geschäften her kannte und mir gar nicht vorstellen konnte, dass irgendjemand seiner Familie solch schreckliche Dinge antun konnte." Sie drückte innig Vincenzos Hand.

Nick stellte den Motor aus, Lynn bot Getränke an. Dann setzen sie sich zusammen und Celestine erfuhr, wie erst neulich die Mutter des Verbrechers versucht hatte, sich an Vincenzo heranzumachen, um die ganze Familie auf diesem Weg ins Unglück zu stürzen. Das Hintergrundwissen zu den Tagesnachrichten der Verhaftung offenbarte erst das ganze Ausmaß der Skrupellosigkeit.

„Jetzt ahne ich auch, warum das Boot genau diesen Namen trägt", flüsterte Celestine.

Vincenzos Miene hellte sich auf. „Ja, Nick hat es nach Lynn benannt, unserer guten Fee. Die gesamte Geschichte kannst du in wenigen Wochen in einem Buch nachlesen, das dein Bruder fast fertig hat."

„Das ist auch der einzige Grund, weshalb ich diese Dinge hier noch einmal aufgekocht habe", erklärte Nick. „Nicht, um dir Angst zu machen oder gar mit Schauergeschichten zu glänzen."

„So hatte ich es auch nicht aufgefasst, weil du ja mit Marco extra geflüstert hast. Angst haben mir nur die wenigen Worte verursacht, die der Wind bis zu mir getragen hat."

„Warum lebst du eigentlich allein?", fragte Lynn sofort direkt.

„Weil der Richtige bis gestern einfach nicht dabei war." Celestine genoss es, wie Vincenzo sie an seine Schulter zog. „Ich habe es drei Mal mit einer Beziehung versucht und dann aufgegeben. Eine Frau, die sich auch noch abends und an allen Wochenenden um ihr Geschäft kümmern muss, hat keinem in den Kram gepasst.

Den Ersten habe ich zum Teufel gejagt, als er begann, nicht nur seine Verwandtschaft, sondern auch noch seinen Freundeskreis zum Nulltarif aus meinem Warenlager zu versorgen.

Der Zweite hat mir den Geschäftsmann vorgespielt und mir die Ohren vollgesäuselt, was für eine tolle Frau ich doch sei. Ohne mich könne er einfach nicht mehr leben. War auch so, wie ich etwas später bemerkte. Er hatte nämlich sein ganzes Vermögen in den Spielhallen gelassen und nicht mal mehr ein Dach überm Kopf, außer meinem. Als er eines Tages unbefugt meine Kreditkarte an sich brachte und das Geld verzockte, habe ich ihn, als er abends zurückkam, direkt von der Polizei in Empfang nehmen lassen. Das Geld habe ich nie wiedergesehen.

Der Dritte hat mich nach fünf Jahren für eine Jüngere mit mehr Freizeit verlassen. Und die wiederum hat er neulich schwanger sitzenlassen. Meine Versuche waren also echte Pleiten, Pech und Pannen. In den Comics für Kinder heißt es immer: Ein Römer macht nicht kehrt. Eine Römerin auch nicht. Hinfallen, Aufstehen, Krönchen gerade rücken und weiterschreiten, ist meine Devise. Ich vergesse aber auch nie, wem ich etwas Gutes zu verdanken habe."

„Und das ist der Anlass, weshalb sie in erster Linie zum Ball mitgegangen wäre", begann Marco zu erzählen. „Sie wusste nämlich nur aus der Presse, dass es den Unternehmerball gibt, aber gar nichts darüber, wer sich dort die Ehre gibt. Ich hingegen war informiert, wie ungern sie eigentlich zu Gesellschaften geht, und dass sie Tanzveranstaltungen völlig meidet. Ich wollte sie endlich aus ihrem Schneckenhaus holen. Nur mir zu Liebe, weil ich eine Begleiterin brauchte, hat sie zugesagt. Erst dann habe ich ihr erzählt, was da los ist und auf einmal wurde sie neugierig. Den Grund dafür hätte ich aber niemals geahnt."

Nick lachte herzlich. „Ja, das haben wir dir angemerkt."

„Ich habe, kaum dass Marco gegangen war, das Internet nach dem vorjährigen Ball durchwühlt, weil ich sicher war, doch irgendwann, irgendwas gelesen zu haben, dass mit Vincenzo zusammenhing. Und als ich plötzlich den roten Faden aller Meldungen in der Hand hatte, wurde ich hektisch", verriet Celestine. „Dabei wollte ich am Anfang wirklich nichts weiter, als den gutaussehenden, immer freundlichen Mann mit der angenehmen Stimme wenigstens ein Mal persönlich begegnen und danke für die große Hilfe sagen." Sie kuschelte sie sich in Vincenzos Arm. „Und jetzt hocke ich hier und hoffe, dass mich keiner aus meinem schönsten Traum aufweckt."

„Nicht mal mit Dornröschenküsschen?", fragte Marco blinzelnd.

Celestine lachte fröhlich. „Doch, das würde ich nehmen."

Das ließ sich Vincenzo nicht zwei Mal sagen. Er küsste sie so sinnlich, dass sich Lynn sogar ein paar Tränen der Rührung wegwischte und die Männer verräterisch die Nasen hochzogen.

„Das muss gefeiert werden!", rief Marco.

„Öffne die Kiste da drüben und hilf mir!", rief Lynn.

Marco packte aus, reichte die Gläser zu, Nick entkorkte die Flaschen und Lynn teilte den Champagner aus.

„Nur so ein Fingerhut für dich?", wunderte sich Celestine, während sie mit äußerstem

Erstaunen feststellte, dass etwas Erstklassiges im Glas sanft vor sich hin perlte.

„Alkohol am Bootssteuer könnte teuer werden oder mich gar die Lizenz kosten", erklärte Nick. „Es schippern schon genug Verrückte übers Wasser, die andere gefährden. Wir stoßen heute Abend bei Massimo noch einmal richtig miteinander an." Er hob sein Glas. „Auf euch und alles Gute dieser Welt, das zu euch kommen mag!"

„Und auf Lynn, ohne die keiner von uns hier wäre!", fügte Vincenzo hinzu, mit allen anstoßend.

„Der Champagner bringt mich auf eine gute Idee", schmunzelte Nick. „Jetzt zeigen wir Celestine zuerst die berühmten heißen Quellen und die Grotten des Catull." Er steuerte das Boot in Richtung der äußersten Zipfel der Landzunge. „Ha! Glück gehabt. Gerade keine Touristenboote in Sicht." Er stoppte und Lynn erklärte, was es mit den Thermen auf sich hatte, deutete auf die aufsteigenden Kohlensäurebläschen und forderte Celestine auf, die Hand ins Wasser zu halten.

„Fantastisch! Das ist ja wirklich warm! Ich habe auch von diesen Wundern des Sees keine Ahnung gehabt. Ich habe zwar von anderen Thermen gelesen, aber dieser wundervolle See war mir völlig entgangen."

Marco fotografierte, notierte und hatte dieses behagliche Lächeln aufgesetzt, das immer dann zu sehen war, wenn ihn irgendetwas zutiefst erfreute.

„Nix wie weg, die Scharen kommen!", lachte Nick, den Motor wieder startend und den direkten Weg zur Landspitze einschlagend, wo Marco gleich ein Video aufnahm, weil die Sonne das Areal hell erleuchtete.

Lynn war wieder für das Historische zuständig. Sie zog einen winzigen laminierten Zettel aus der Hosentasche und gab die Maße des ehemaligen Prachtbaus bekannt, den man heute *Grotte* nannte. „Du musst dir unbedingt mal die Grabungsfelder und Funde von Nahem ansehen", schlug sie Celestine vor.

„Ich auch!" Marco klippte den Deckel auf das Objektiv. „Dann habe ich wenigstens wieder Denkstoff, auf den ich mich stürzen kann, wenn ich irgendwann mal sesshaft werde."

„Das kann ich mir bei dir gar nicht vorstellen", sagten Lynn und Nick gleichzeitig, worauf alle in herzliches Gelächter ausbrachen.

Sie umrundeten die Landzunge komplett, durchquerten noch einmal den Burggraben, dann gab Nick Vollgas.

„Ein feines Schiffchen", murmelte Vincenzo. „Gar kein Vergleich zu dem, was du vorher hattest."

„Und ich habe geschimpft, weil er eine ganze Kategorie größer reingegangen ist", seufzte Lynn schuldbewusst. „Weil ich Angst hatte, dass er sich meinetwegen ruiniert."

„Sie hat es erst geglaubt, dass sie mich nur einen Bruchteil dessen kostet, was die böse Fee als fixes Geld verlangt hat, als ich ihr die Kontoauszüge zeigte", verriet Nick. „Die Rückzahlungen des ergaunerten Geldes sind inzwischen auch zum großen Teil erfolgt, sodass wir uns diesen kleinen Luxus durchaus leisten können, erst recht, weil Lynn unseren gemeinsamen Topf mit füllt."

„Mit dem Boot seid ihr ja auch sehr viel schneller in den ganzen Orten am See, als wenn ihr Euch die Straße entlang quälen müsstet", stellte Celestine fest.

„Oh ja, zumal mehrere unserer bevorzugten Händler da drüben, auf der anderen Seite, ansässig sind." Lynn deutete auf das weiter entfernte Ufer.

„Ist da nicht auch Limone mit den alten Gewächshäusern?", fragte Celestine.

„So ist es", schmunzelte Nick. „Dort legen wir an, essen leckeres Eis und können auch die urigen Zitrusgewächse besuchen."

„Die würde ich wirklich gern sehen wollen." Celestine schaute fragend in die Runde.

„Ich auch!", gab Marco zu.

„Aber immer wieder gern", lächelte Vincenzo.

Nick telefonierte bereits, bestellte Plätze im Café, bat um einen Kanister Treibstoff und die Erlaubnis, den privaten Anlegeplatz seines Freundes nutzen zu dürfen.

Als sie nach drei Stunden Sirmione wieder verließen, bedankte sich Celestine überschwänglich bei Lynn und Nick für den wundervollen Tag. Diesmal querte er den See auf der Route der Touristenboote und Celestine schwärmte über den grandiosen Anblick der Scaligerburg von Malcesine.

„Anlegen?", fragte Nick.

„Nein. Ich staune aus der Ferne. Bin leider auch nicht mehr die Allerjüngste", lachte Celestine. „Ich hoffe inständig, die Burg später mal besuchen zu können."

„Registriert", blinzelte Vincenzo.

„Gut so!", schmunzelte Lynn. „Dann tuckern wir jetzt ganz gemächlich nach Sirmione und suchen Massimo heim."

Die langsam untergehende Sonne zauberte ein Farbenspiel auf Himmel und See, welches alle veranlasste, zu fotografieren und zu staunen. Lynn übernahm sogar kurz das Steuer, damit Nick traumhafte Aufnahmen machen konnte.

Celestine lehnte an Vincenzos Schulter und flüsterte: „Ich war noch nie so glücklich wie gestern und heute."

Er streichelte sanft ihre Wange. „Ich werde alles daran setzen, glückliche Tage zu einem Dauerzustand für dich werden zu lassen. Versprochen."

Marco wusste, dass dafür sogar schon ein liebes Wort genügte. Celestine arbeitete hart für den wenigen Komfort, den sie sich leisten konnte. Urlaub hatte sie bisher gar nicht gekannt. Kein Wunder, dass sie von den vielen neuen Erlebnissen völlig aus dem Häuschen war. Vincenzo war genau der Richtige, ihr all das zu geben, was sie nie besaß: Liebe, Geborgenheit und Luxus.

Im letzten Licht des Tages kamen sie im Hafen an und vertäuten das Boot am Liegeplatz. Die ungeheuren Massen der Tagestouristen hatten die Altstadt verlassen und nun bevölkerten jene die engen Straßen, die hier wohnten oder Urlaub machten. Die fünf schlenderten die Hauptstraße entlang, Lynn und Nick wurden von den vielen Eisverkäufern gegrüßt, grüßten zurück und wechselten ein paar kurze Worte.

„Man kennt sich halt und ist eine kleine verschworene Gemeinschaft", erklärte Lynn. „Sie haben mich nie wie eine Fremde behandelt, obwohl jeder weiß, woher ich stamme."

„Und hier ist auch schon unser Ziel." Nick hielt für alle die Tür auf.

Massimo und Rosanna freuten sich riesig. „Ah, sogar Herr Falconetti ist wieder einmal da! Wir haben den Bericht von gestern gelesen!"

Marco stellte lächelnd seine Schwester vor, die mit der gleichen Herzlichkeit begrüßt wurde. Die Wirtsleute waren auch ohne Erklärung ganz schnell im Bilde, dass Vincenzo und Frau Navarra mehr als freundschaftliche Gefühle füreinander empfanden. Das war also die geheimnisvolle Fremde auf dem Foto vom Ball, über die sie sich schon den Kopf zerbrochen hatten. Nick, Lynn und Herr Falconetti schienen eindeutig glücklich über diese Fügung des Schicksals zu sein. Im Lauf des Abends kam auch Massimo zu der festen Überzeugung, dass sich die Richtigen zusammengefunden hatten. Er nahm sich vor, bei nächster Gelegenheit Nick oder Lynn darüber auszuhorchen, wie es dazu gekommen war.

Nach dem Hauptgericht bat Nick, den besten Champagner zu bringen, den Massimo auf Lager habe.

„Kommt sofort", versprach der und eilte in den Keller, wo drei Flaschen vom Allerbesten liegen mussten.

„Sieben Gläser!", bat Nick. „Ihr beide gehört doch zur Familie!"

Als Rosanna am Tisch war, hob Nick sein Glas: „Wir stoßen an auf eine Liebe, die gestern als zarter Keimling begonnen hat, in der Hoffnung, dass sie ein großer Baum mit tiefen, starken Wurzeln werden möge! Auf Celestine und Vincenzo!"

Alle stießen an und Rosanna vergoss ein paar Tränen der Rührung. Sie wünschte, wie Massimo, den beiden von ganzem Herzen alles Glück dieser Welt.

Marco machte ein paar Bilder für das *Familienalbum,* wie er blinzelnd betonte.

Celestine drückte ihn fest an sich. „Du hast doch wirklich schon mehr für mich gutgemacht, als unser Vater je verdorben hat."

„Ach, lass mir doch die Freude", grinste Marco vergnügt. „Wenn du weiter so ein Tempo vorlegst, sind wir, statt zwei einsame *Kinder*, bald eine richtig große Familie."

Das aufbrandende Gelächter ließ die anderen Gäste neugierig zu ihrem Tisch schauen.

„Darf ich Onkel zu dir sagen?", flötete Lynn, worauf sich Marco vor Lachen fast verschluckte.

Massimo grinste sich eins. Gegen diesen Familienzuwachs hatte er beileibe nichts einzuwenden, denn es blieb weiterhin lustig. Als das Lokal schloss, setzte er sich mit Rosanna zu ihnen an den Tisch und sie feierten mit ihren Freunden bis zwei Uhr morgens durch.

Lynn und Nick klappten für Marco das Sofa aus, bezogen rasch Kissen und Decke. Celestine und Vincenzo verzichteten sogar aufs Duschen. Eng aneinandergeschmiegt, schliefen sie sofort ein. Lynn und Nick ging es nicht anders. Kaum in der Waagerechten, schlummerten sie weg. Ob irgendwann ein Wecker klingen würde, interessierte keinen.

Große Pläne

Als Celestine erwachte, brauchte sie einen Moment, sich zu orientieren. Dann hörte sie schon ein zärtliches „Guten Morgen!"

„Guten Morgen", flüsterte sie, sich fest anschmiegend. „Ich glaube, ich träume noch."

Vincenzo hauchte ihr einen Kuss auf die Stirn. „Du darfst auch nach dem Aufstehen weiterträumen."

„Schon so spät?"

„Fast zehn Uhr."

„Ach, du lieber Gott!", erschrak Celestine. „Ich habe in meinem ganzen Leben noch nie so lange geschlafen."

„Deshalb habe ich auch versucht, mich nicht zu bewegen", erklärte Vincenzo. „Marco hat mir verraten, dass du noch nie wirklich freie Tage hattest."

Celestine eilte ins Gästebad. Auf dem Weg dahin kam ihr Lynn im Schlafanzug entgegen. Beide schmunzelten vergnügt, wünschten einen guten Morgen und gingen nun alles ganz in Ruhe an. So herzhaft, wie das Gähnen vom Sofa erklang, musste Marco nämlich auch gerade erst die Augen aufgemacht haben.

Lynn setzte Espresso an, stellte das Geschirr bereit und Celestine fasste gleich mit zu, indem sie den Tisch deckte. Plötzlich umarmte sie Lynn. „Danke! Ich bin so glücklich."

„Halt dein Glück gut fest", riet Lynn. „Wenn sich etwas für dich gut anfühlt, dann tu es einfach."

„Den Rat werde ich auf jeden Fall beherzigen", strahlte Celestine.

Dass sie es ernst meinte, bewies sie ein paar Minuten später, als Vincenzo fragte, ob sie sich vorstellen könne, den Sonntag bei ihm zu verbringen.

Celestine nickte heftig. „Ich würde am liebsten am Samstag gleich losfahren, wenn ich das Geschäft abgeschlossen habe. Ich werde fast drei Stunden brauchen, falls es keinen Stau gibt."

„Die Variante behagt mir noch mehr", freute sich Vincenzo.

„Wisst ihr, was mir behagen würde?", warf Marco ein. „Wenn ich das Haus kaufe, in dem Celestine Wohnung und Geschäftsräume gemietet hat. Ich könnte mir die obere Etage ausbauen und immer mal im Laden nach dem Rechten sehen, wenn vielleicht eines Tages doch eine Verkäuferin eingestellt wird."

„Ahhhh, die Parzen spinnen die Fäden!", kicherte Lynn.

„Ich werde auch alles tun, damit die sich nicht verheddern", murmelte Celestine. „Versprochen."

„Ruf mich an, wenn immer dir danach ist", bat Vincenzo. „Falls ich gerade im Kundengespräch bin, sagt dir das der Anrufbeantworter. Punkt 19

Uhr werde ich mich täglich bei dir melden, damit ich weiß, dass es dir gut geht."

Celestine sah beim Abschied aus, als müsse sie jeden Moment auf das Schafott steigen.

„Du siehst ihn doch am Wochenende wieder", versuchte Marco seine Schwester zu trösten.

„Weiß ich doch", murmelte sie. „Ich wusste nur bisher nicht, wie es sich anfühlt, wenn man zum allerersten Mal im Leben bis über beide Ohren verliebt ist."

„Oh je!", seufzte Marco mitleidig. „Ich sollte mich wohl ganz schnell darum kümmern, das Haus in meinen Besitz zu bringen. Dann wärst du mehrere Sorgen auf einmal los und ich hätte ein neues Ziel vor den Augen. Ich denke nämlich, dass Vincenzo in sehr überschaubarer Zeit fragen wird, ob du nicht lieber bei ihm einziehen willst."

„Meinst du?"

„Meine ich. Lynn und Nick denken übrigens genau so. Wobei Nick sogar einen Schritt weiter geht. Er hält es für sinnvoller, das Geschäft aufzulösen oder in Absprache mit Vincenzo nach Padua zu verlegen, falls du unbedingt selbstständig bleiben möchtest. Dann würde ich mir eine Bleibe zwischen Padua und Sirmione suchen, um in der Nähe der Familie zu sein."

Eine ähnliche Diskussion lief gerade in Sirmione. Vincenzo sagte: „Falls Celestine zu mir zieht, werde ich ihr vorschlagen, das Geschäft aufzulösen. Nur, wenn sie unbedingt selbstständig sein möchte, schlage ich ihr vor, es nach Padua zu verlegen. Wobei ich sie lieber als Spezialistin für Führungen in meiner Kellerei einsetzen würde."

„Sag es ihr!", bat Lynn. „Dann hat sie wenigstens das gute Gefühl, nicht Anhängsel zu sein."

„Mache ich!", versprach Vincenzo. Auf der Treppe drehte er sich noch einmal um, blinzelte schelmisch und sagte zu Lynn: „Weihnachten wirst du wohl diesmal auch wieder zwei Enten braten müssen."

Nick brach in schallendes Lachen aus. „Stimmt, wir werden sieben Personen sein, falls sich Marco nicht auch noch was fürs Herz zulegt."

Lynn grinste vergnügt, als sich die Türen geschlossen hatten. „Nun weiß ich wenigstens, was auf mich zukommt, und werde sofort das liebe Federvieh da bestellen, wo ich es im vergangenen Jahr her hatte. Punkt eins meiner heutigen Arbeitsliste."

Nick zog die Gästebetten ab, um Lynn zu entlasten, die auf dem Ball so viele Bestellungen bekommen hatte, dass sie wirklich jeden Tag acht Stunden straff arbeiten musste, wollte sie pünktlich ausliefern. Deshalb brachte er auch gleich noch die Festkleidung in die Reinigung. Dann zeichnete er an der Sukkubus-Serie weiter. Weil erst für den Abend warmes Essen auf dem Plan stand, spazierte Lynn in der Pause an den See und setzte sich, wo die vielen Muschelschalen im Wasser lagen, an den Rand des Plattenwegs und ließ die Beine baumeln. Nick war so in seine Arbeit vertieft gewesen, dass er nicht einmal bemerkt hatte, wie sie zur Tür herein spähte. Um ihn nicht zu stören, war sie davon gehuscht und hatte die Ruhe am See gesucht.

Wie damals, als sie von dem geheimnisvollen Fremden geträumt hatte, beobachtete sie die winzigen Wellenriffel, welche die abertausend Muschelschalen unaufhörlich umschichteten. Manchmal war sogar das Reiben und Schaben der kleinen Kalkgebilde zu hören. Besonders an leicht dunstigen Tagen, wie heute, wo kaum Spaziergänger die Stille störten und selbst der Wind zu ruhen schien.

Nur einer musste sich auf den Weg am Schilf verirrt haben, und der hatte es, den schnellen Schritten nach, eilig, irgendwohin zu kommen. Lynn hob lauschend den Kopf, weil er direkt hinter ihr stehenblieb und drehte sich langsam um. „Nick!", rief sie erfreut.

„Ich habe geahnt, dass ich dich hier finde", sagte er, sich neben sie setzend. Dass er ein Päckchen auf dem Arm jongliert hatte, war Lynn bisher entgangen. „Ich bekam plötzlich doch Hunger und habe uns was Leckeres mitgebracht." Als er das Papier auseinanderfaltete, stieg ein unwiderstehlicher Duft auf, der Lynns Magen knurren ließ.

„Oh! Super! Kommt genau richtig", lachte sie.

So saßen sie, jeder ein großes Stück Pizza in der Hand, aßen und schauten dem Spiel der Wellen zu. Dann lehnte Lynn an Nicks Schulter, er legte einen Arm um sie. Glück, ohne darüber sprechen zu müssen.

Lynn schaute auf die Uhr, worauf sich Nick sofort erhob. Doch sie sprang zu seiner Überraschung erst mal ans Ufer hinunter und raffte mit einer Hand einen ansehnlichen Haufen Muschelschalen ins leere Pizzapapier. Nick zog sie auf den Weg zurück. „Große Pläne?"

„Ja. Mir kam plötzlich eine geniale Idee", schmunzelte Lynn. „Ich muss mich bei Gelegenheit im Bastelshop beraten lassen oder ein bisschen im Internet recherchieren."

„Dann geht es um eine neue Technik?!"

„Ja, ich will mich intensiver mit Resin beschäftigen." Lynn hauchte ihm an ihrer Laden- und Werkstatttür einen Kuss auf die Lippen. Während er in sein Atelier zurückkehrte, weichte sie die Muscheln in sauberem Wasser ein, um die üblen Gerüche der verwesenden Fleischreste loszuwerden, dann strickte sie an einer Bestellung weiter.

„Du siehst mitgenommen aus", stellte Nick besorgt fest, als Lynn zum Feierabend in die Wohnung trat. Beim raschen Nachmittagskaffee war es ihm zum ersten Mal aufgefallen. Jetzt fühlte er sogar ihre Stirn an.

„Du wirst sehen, heute Abend ein heißes Bad mit dir und schon bin ich wieder putzmunter."

Sie setzte den großen Topf für Spaghetti auf den Herd.

Nick schnitt Kräuter für die Soße, wobei er schon überlegte, welchen leichten Wein er zum Essen kredenzen könne. Als er neben Lynn an die Küchenzeile trat, streichelte er sanft ihren Po, den die Jeans richtig betonte.

„Ein bisschen musst du noch warten", blinzelte sie.

Nick blinzelte zurück. „Ich versuche, brav zu sein." Damit er es auch wirklich schaffte, rieb er gleich noch Käse und deckte den Tisch. „Den Sukkubus malen und sich dann zusammenreißen zu müssen, sind verschärfte Bedingungen", erklärte er nach dem Essen schmunzelnd, den Geschirrspüler füllend.

Für eine kleine Verdauungspause genehmigten sie sich das Sichten der Post, sowie die Nachrichten im Fernsehen. So wie Lynn das Gerät abschaltete, drehte sich Nick blitzschnell um, schnappte sie und trug sie zum Bad. Mit wenigen Handgriffen dimmte er das Licht, dann rauschte schon das Wasser in den Whirlpool.

In Lynns großen glänzenden Augen spiegelten sich die flauschigen Badetücher und die Weingläser, die Nick auf dem Wannenrand bereitgestellt hatte. Die Unterwasserlämpchen glühten auf, das Deckenlicht verlöschte. Nick versank mit Lynn in einen schier endlosen Kuss, begann sie zu entkleiden, während sie ihm ebenfalls langsam das Hemd aufknöpfte. Er hob sie in die

Wanne, folgte rasch, wobei er gleich den Timer für die unterschiedlichen Sprudelstufen aktivierte.

„Ohhhh jaaaa!", hauchte Lynn. Genau das war es, was sie schnell wieder fit machen werde. So ließ sie sich fast schwerelos im herrlich warmen Wasser treiben, genoss die sanft streichelnden Hände Nicks. Der wusste genau, womit er Lynn hellauf begeistern konnte. Ihm lag alles daran, sie glücklich zu sehen.

Ein weiteres Glas Wein lehnte sie ab, stoppte zu seiner großen Überraschung das Sprudeln und glitt lieber rittlings auf seinen Schoß, um es intensiver spüren zu können, wie sein Penis langsam und tief in sie eindrang. Als Nick auch Erfüllung gefunden hatte, ruhte sie noch ein wenig in dieser Stellung. Eine unachtsame Bewegung reichte, Nick unter Wasser zu drücken. Zu Tode erschrocken, zog sie ihn hoch.

„Puh, das war knapp", prustete er. „Fast hättest du dein Seepferdchen ertränkt."

„Tut mir furchtbar leid!", murmelte Lynn schuldbewusst, mit dem Badetuch sein Gesicht abtrocknend.

„Schon okay." Er küsste sie auf die Nasenspitze. „Komm, Schatz, wir gehen schlafen. Etwas Ruhe wird uns beiden guttun." Er ließ das Wasser ab, begann Lynn zärtlich zu frottieren und trug sie rasch ins Bett, wo sie sich in Löffelchenstellung anschmiegte und Sekunden später schon im Tiefschlaf lag. Nun plagten Nick

Schuldgefühle, sie in den letzten Tagen womöglich doch zu wenig unterstützt zu haben. Er nahm sich vor, darauf zu achten, dass Lynn mehr Zeit zur Erholung blieb. „Genau das werde ich machen", flüsterte er gähnend, bevor er endlich ebenfalls einschlummerte.

Vincenzo hatte Amors Pfeil so tief getroffen, dass bereits am Mittwoch sein Assistent besorgt fragte, ob alles in Ordnung sei, weil der Chef manchmal abwesend wirkte, ständig auf die Uhr schaute und zum Feierabend mit kreischenden Reifen davon fuhr.

Tozzi hatte seinen Angestellten zuerst irritiert gemustert, dann aber lächelnd erklärt: „Mir ging es seit Jahren nicht so gut wie im Augenblick." Damit war alles und zugleich gar nichts gesagt. Das Rätselraten ging weiter.

Jeden Abend, pünktlich zur vereinbarten Zeit, rief er Celestine an, die sich stets mit vor Freude und Aufregung zitternder Stimme meldete und zugab, das Wochenende kaum erwarten zu können. Meist sprachen sie eine Stunde oder länger miteinander, planten ihr Wiedersehen um, und jeder von ihnen schlief mit angenehmen Gedanken ein.

Kein Wunder, dass Celestine schon am Freitag ihren Laden mit Glockenschlag 18 Uhr abschloss, die Rollos herunterließ und die Treppe zu ihrer Wohnung regelrecht hinauf flog. Müßig zu erklären, dass die gepackte Tasche schon seit Dienstag hinter der Tür stand.

Sie goss rasch die Zimmerpflanzen, dann eilte sie zu ihrem Auto. Natürlich ohne nach links oder rechts zu schauen, weil man da ja jemanden sehen konnte, der einem mit langem Palaver wertvolle Zeit stehlen werde. Also schnell Kofferraumklappe schließen, einsteigen, anschnallen, Navi programmieren und dann mit vergnügtem Lächeln verschwinden.

In dem Moment, als sie sich in den irren Feierabendverkehr einreihte, wurde sie ganz ruhig. Sich jetzt nur nicht provozieren lassen und einfach im Strom mitschwimmen, um heil in Padua anzukommen. Padua. Das Ziel aller Träume. Celestine hatte auf der Autobahn Glück. Sie brauchte auf der die A4 tatsächlich nur zwei Stunden und 50 Minuten.

Vincenzo öffnete sofort das Tor, als die Überwachungskameras den steingrauen Nissan-SUV mit Mailänder Kennzeichen zeigten. Sowie Celestine das Haus erreichte, stand Vincenzo auf der Treppe und deutete auf den Weg hinters Gebäude, den sie sofort mit dem Wagen einschlug und wo die große Tür der geräumigen Garage einladend offenstand. Celestine parkte ein, Vincenzo öffnete die Autotür und reichte ihr die Hand zum Aussteigen. „Herzlich willkommen in Padua. Ich hoffe, du hattest eine gute Fahrt." Er zog sie in seine Arme, noch bevor sie antworten konnte und flüsterte: „Du hast mir so sehr gefehlt."

„Du mir auch", hauchte Celestine, sich fest an seine Brust schmiegend. Das anschließende Begrüßungsküsschen ließ sie innerlich jubeln. Vincenzo nahm ihre Reisetasche und führte sie am Arm ins Haus. Celestines Augen wurden mit jedem Schritt größer. Für sie war die Villa der Inbegriff eines Traumschlosses.

„Möchtest du ein Gästezimmer haben oder darf ich hoffen, dass du bei mir schläfst?" Vincenzo war in der Vorhalle stehengeblieben.

„Ich ... ich ... ich möchte auch nachts bei dir sein", stotterte Celestine, gleichsam erfreut wie erstaunt, dass er mit einer so klaren Ansage aufwartete.

„Dann hier entlang!", rief Vincenzo hocherfreut.

Dass er nicht mit ihrer Antwort gerechnet hatte, zeigte, dass die eine Hälfte des Doppelbettes mit einer Tagesdecke verhüllt war. Jetzt nahm er sofort Bettwäsche aus dem Schrank. „Ich habe keine Lust nach oben zu gehen, um ein Gästezimmer zu plündern", erklärte er lachend.

Celestine legte mit Hand an, das Spannlaken zu bändigen, und half die Verschlüsse der Bezüge zu schließen. Es tat gut, dass Vincenzo alles völlig locker anging. Langsam legte sich Celestines innere Anspannung, die sich unwillentlich aufgebaut hatte. Wenig später saßen sie im Wohnzimmer, hatten Knabberkram und alkoholfreie Getränke vor sich stehen.

„Wie war deine Woche?", fragte Vincenzo, worauf Celestine die vielen kleinen Dramen in witzige Worte fasste. Er nickte wissend. Hatte er doch mit genau den gleichen Widrigkeiten zu kämpfen, nur halt in größerem Stil, aber mit Personal, das in dabei unterstützte. „Du siehst auch aus, als bräuchtest du etwas Ruhe", stellte er besorgt fest. „Fast möchte ich sagen, wir gehen nicht essen. Stattdessen setzt du dich zu mir in die Küche und lässt dich überraschen, welche Hausmannskost ich auf den Tisch zaubere."

„Du willst dir meinetwegen wirklich solche Umstände machen?", fragte Celestine erstaunt.

„Es würde mir Spaß machen." Er zog sie an der Hand hinter sich her.

Auch hier wurden Celestines Augen immer größer, denn die Ausstattung war nicht minder grandios, wie in Nicks Küche. Vincenzo kredenzte ihr ein Glas Weißwein, band sich eine Schürze um und begann, die Zutaten bereitzustellen.

„Weißt du, seit dem Tod meiner Frau habe ich nur an den Wochenenden wirklich gekocht. Unter der Woche esse ich in der Kantine", erzählte er, Tagliatelle ins kochende Wasser steckend.

Als er frische Steinpilze aus einem Korb nahm, begann Celestine zu ahnen, was er zubereitete: „Tagliatelle ai funghi porcini?"

„Ja, ich hoffe, du magst sie."

„Oh ja, sogar sehr!"

„Als Nachtisch wird es budino al pistacchio geben", verriet Vincenzo.

„Ich liebe Pistazienpudding!", jubelte Celestine.

Vincenzo lachte. „Dann ist der Abend ja gerettet." Wenig später trug er das Essen in der gemütlichen Sitzecke auf.

„Und da sagt er *Hausmannskost*!", murmelte Celestine nach wenigen Happen. „Das bekommt manches Restaurant nicht so perfekt hin!"

„Herzlichen Dank!", freute sich Vincenzo.

Der anschließende nächtliche Verdauungsspaziergang wurde recht amüsant. Ein Nachbar war noch unterwegs, erkannte auf Anhieb die Dame vom Zeitungsfoto des Unternehmerballs und die Neugier stand ihm deutlich ins Gesicht geschrieben. Vincenzo und Celestine sahen sich an und grinsten vergnügt. Sollte er sich ruhig ein wenig den Kopf zerbrechen. Vincenzo führte sie zum Prato della Valle, wo Nick mit Lynn hinflaniert war und blieb auf der gleichen Brücke stehen, wo er die beiden damals entdeckt hatte. Celestine legte ihren Kopf an Vincenzos Schulter, als sie gemeinsam den Blick über das ruhige Wasser streifen ließen. Genau so, Arm in Arm schlenderten sie später wieder zurück und heizten die Neugier der anderen kräftig an, denn der Nachbar hatte seine Beobachtung gleich an drei, vier Bekannte weitergemeldet und die lauerten, schlecht getarnt, hinter den Gardinen. Celestine war glücklich. Vincenzo blieb genau so, wie sie ihn kennen- und lieben gelernt hatte – charmant, stilvoll und, trotz unübersehbarem Reichtum, keinerlei Großkotzgehabe. Eben einer, der sich seinen Wohlstand mit Können hart erarbeitet hatte.

„Wie verbringst du am liebsten deine Abende?", fragte Vincenzo.

Celestine antwortete mit einer hilflosen Geste. „Ich mache meine Abrechnungen, esse, dusche und falle todmüde ins Bett."

„Stellen wir die Frage anders: Wie würdest du sie gern verbringen?"

„Vielleicht mal ein Buch lesen ... oder stricken ... einen Film anschauen ... Schach spielen ...", zählte Celestine stockend auf.

Vincenzo lächelte. „Ich denke, das sind alles völlig harmlose Wünsche. Reden wir morgen darüber. Für heute sollten wir schlafen gehen."

Celestine ließ ihm im Bad den Vortritt, musste sie doch noch Kleidung und Nachthemd aus der Tasche nehmen. Dann duschte sie, putzte Zähne und schlüpfte in ein blutrotes Negligé, das seit Jahren unbeachtet in ihrem Schrank geschlummert hatte. Ein kurzer Blick in den Spiegel. Mitte 50 konnte sie es durchaus tragen.

Vincenzo, der im Bett auf sie wartete, richtete sich interessiert auf. „Du siehst umwerfend aus." Fast wäre ihm *anregend* herausgerutscht.

Celestine lächelte vergnügt. „Dein Leuchtband auf der Stirn ist gerade bunt, wie ein Regenbogen."

„Nicht nur das", grinste er jungenhaft. „Die Wolke Schmetterlinge auch." Und setzte leise hinzu: „Sag mir bitte sofort, wenn dir etwas missfällt, auch wenn es nur eine winzige Geste von mir ist."

„Versprochen!" Celestine huschte unter die Decke, kuschelte sich an und meinte: „Finde lieber heraus, was mir besonders gefällt."

„Oho, die Jagd ist also eröffnet", schmunzelte Vincenzo.

„Aber so was von!", flüsterte sie und glitt mit der Hand unter seine Schlafanzugjacke, wo sie seine Brust streichelte.

Vincenzo löschte das Licht, weil der fast volle Mond genau die richtige Stimmung erzeugte. „Ich wäre da schon mal hellauf begeistert."

„Das lässt sich bestimmt noch steigern", wisperte ihm Celestine ins Ohr, mit der Hand die Richtung wechselnd. Die angepeilte Stelle machte sofort mit aller Deutlichkeit auf sich aufmerksam, als habe sie Furcht, die langsam näher kommenden Fingerspitzen könnten doch noch das Ziel verfehlen. Kontakt! Oh ja, was Celestine erfühlte, war alles andere als eine Mogelpackung. Das versprach Sex vom Feinsten. Ihr lustvolles Aufstöhnen beantwortete Vincenzo mit der geflüsterten Aufforderung: „Tu, was du dir am meisten wünschst!"

Das erste Mal in Celestines Leben, dass ein Mann ihre Wünsche in den Vordergrund stellte. Blitzschnell traf sie die Entscheidung, es wirklich zu tun. Während sie mit der einen Hand Vincenzos Hose herunterstreifte, raffte sie ihr Negligé mit der anderen Hand. Im nächsten Augenblick kniete sie mit gespreizten Beinen über Vincenzos Penis. Er fasste sie mit beiden Händen am Becken und fieberte der ersten lustvollen Berührung entgegen, die nicht lange auf sich warten ließ. Eine kleine Kurskorrektur mit den Fingerspitzen, dann spürte Celestine intensiv das langsame, sehr tiefe Eindringen. „Oh, mein Gott!", hauchte sie in wohliger Verzückung, das lang entbehrte Gefühl mit jeder Faser ihres Körpers genießend.

Vincenzo ging es ähnlich. In ihr ruhen, winzige Bewegungen als Explosion der Sinne spüren, Traum und Wirklichkeit verweben und den warmen, vor Lust vibrierenden Körper ganz fest halten. Celestine erlebte einen Höhenflug, der sie fast ohnmächtig werden ließ.

„Alles in Ordnung?", hörte sie Vincenzo liebevoll flüstern und begriff, dass er sie aufgefangen haben musste.

„Ich glaube schon", murmelte sie, „Obwohl sich alles in meinem Kopf dreht. Es war wundervoll."

„Ja. Das war es", raunte Vincenzo, ihr einen Kuss auf die Wange hauchend. „Ich liebe dich."

„Ich liebe dich auch", seufzte Celestine, sich in seinen Arm schmiegend und fast im selben Atemzug einschlafend.

Vincenzo streichelte glücklich lächelnd ihr Gesicht. „Wunderschöne Träume mein Liebling." Doch, statt selbst sofort schlafen zu können, wälzte er tausend Gedanken.

Nägel mit Köpfen

Der nächste Morgen begann mit ausgiebigem Kuscheln und Schmusen, ohne zu handfestem Sex überzugehen. Es war wundervoll für beide, sich auch dabei einig zu sein. Vincenzo bereitete schließlich das Frühstück vor, Celestine assistierte. Dass ihr der Cappuccino mit Palmblattmuster ausnehmend gut gefiel, stand deutlich in ihren Augen. „Du verwöhnst mich."

„Mit großer Freude", schmunzelte er. „Wie gerne würde ich es jeden Morgen tun."

Celestine schaute ihn nachdenklich an. Ihr würde es ebenfalls nicht schlecht gefallen. Nur war da noch der Kampf ums Überleben. Ihr fehlten fast zehn Jahre, um in den Ruhestand gehen zu können.

„Ich weiß, woran du denkst", sagte er sehr ernst. „Gedanken darüber habe ich mir auch schon gemacht. Es gibt einige Optionen."

„Welche?", fragte sie, sofort aufhorchend.

„Die Erste wäre, bei mir einfach als Lebensgefährtin einzuziehen und dein Geschäft aufzugeben."

Als Celestine die Augenbrauen zusammenzog, fuhr er fort. „Dass dir das nicht behagen würde, war mir völlig klar. Die zweite Variante: Du stellst eine Verkäuferin ein." Und ehe sich Celestine dazu äußern konnte, zählte er weiter auf: „Die dritte Möglichkeit: Wir verlagern dein Geschäft nach Padua und die vierte, die ich favorisieren würde: Du gibst dein Geschäft auf und fängst bei mir als Kundenberaterin und Führerin auf Verkostungen und Betriebsbesichtigungen an. Deine umfangreichen Fachkenntnisse auch von Konkurrenzerzeugnissen würde das Ganze auf ein neues Niveau heben. Ich biete dir ein Festgehalt von Zweieinhalbtausend Euro netto an."

Celestine riss die Augen auf. „Zwei ... zweieinhalb netto?!"

„Ja, denn genau das hat auch der bisherige Berater bekommen. Nur war es dem zu wenig, wie er meinte."

„Zu wenig?! Das ist ein Betrag, von dem ich bisher nur träumen konnte. Ich habe das manchmal nicht mal brutto übrig gehabt." Celestine schüttelte fassungslos den Kopf.

„Das habe ich geahnt. Du brauchst keine Miete mehr zahlen, lässt zum Feierabend das Betriebstor hinter dir und hast Freizeit, musst nur ganz selten an einem Samstag arbeiten. Und nicht mal allein, weil es mich dann genau so erwischt. Wir können in den Urlaub fahren, Wochenendausflüge machen, ins Kino gehen und alles tun, wovon du schon immer geträumt hast. Du musst dich auch nicht in den nächsten fünf Minuten entscheiden."

„Deine Argumente für die letzte Möglichkeit sind in jeder Weise überzeugend", murmelte Celestine. „Marco ist auch besser dran, sich das alte Gemäuer nicht aufzubürden, nur um mir einen Gefallen zu tun. Ich werde ihn informieren, dass ich einen Arbeitsvertrag bei dir unterschreibe."

„Du nimmst an?!", rief Vincenzo in freudigem Schreck.

„Zu 99,9 Prozent", erwiderte Celestine mit fester Stimme. „Ich möchte nur gern meinen zukünftigen Arbeitsplatz sehen, bevor ich zum Dienst antrete."

„Wenn du Lust hast, fahren wir rüber und erschrecken ein bisschen die Wachleute, und die Lagerbelegschaft", lachte Vincenzo.

„Bin dabei!", blinzelte Celestine.

Das Auftauchen des Chefs sorgte in der Tat für leichte Verwirrung. Der Wachschutz kam ins Grübeln, zumal sich Tozzi nicht einmal telefonisch angemeldet hatte, wie er es sonst fast immer machte.

„Das ist Frau Navarra", erklärte er den Männern. „Ihren Wagen, einen steingrauen Nissan-SUV, speichern Sie bitte jetzt gleich mit folgendem Kennzeichen ein!" Er diktierte die Buchstaben-Zahlen-Folge. „Sie wird demnächst als Kundenberaterin für mich tätig sein. Heute zeige ich ihr den zukünftigen Arbeitsbereich."

„Wagen und Person gespeichert", meldete der Diensthabende Vollzug.

In der Tür drehte sich Tozzi um. „Frau Navarra ist überdies meine Lebensgefährtin."

„Oh je, die verblüfften Gesichter waren goldwert!", kicherte Celestine.

Vincenzo grinste vergnügt. Celestine bekam eine komplette Betriebsführung, bei der sie feststellte, dass der angedachte Job ganz sicher Spaß machen werde. Im Lager gab es große Aufregung, als der Chef die neue Mitarbeiterin vorstellte.

„Navarra?", überlegte der Lagerleiter laut. „DIE Frau Navarra? Aus dem schönen Milano, wo wir regelmäßig hin liefern?"

„Ebenjene", bestätigte Tozzi und fügte in salbungsvollem Ton hinzu: „Es ist mir gelungen, sie abzuwerben."

„Wirklich?", fragte der Lagerleiter verdattert.

Tozzi grinste breit. „Wenigstens so ähnlich. Sie gibt ihr Geschäft auf, um mit mir zu leben und zu arbeiten. Also werden Sie auch weiterhin mit ihr zu tun haben, nur persönlich und direkt hier in der Firma. Sie ist die neue Kundenberaterin."

„Klasse! Dann auf gute weitere Zusammenarbeit!", rief der Lagerleiter ehrlich erfreut. „Nicht übel", rieb er sich die Hände, als die beiden gegangen waren. „Hat der Boss endlich wieder was fürs Herz und noch dazu eine, die Anpacken und Kummer gewöhnt ist."

Zuletzt führte Vincenzo Celestine in sein Büro. Er zog einen Arbeitsvertrag hervor und setzte alle relevanten Daten ein, außer dem Datum des Arbeitsbeginns. „So würde er aussehen."

Celestine nahm ihm den Kugelschreiber aus der Hand und unterzeichnete schwungvoll. „Das ist meine Antwort darauf. Ich könnte in acht Wochen anfangen und müsste dann noch drei Monate Miete für die Wohn- und Geschäftsräume zahlen. Eher komme ich leider nicht aus dem Vertrag."

Vincenzo ergänzte das Datum noch nicht, unterschrieb aber ebenfalls und fertigte ein zweites Exemplar aus. „Das kriegen wir alles irgendwie hin. Ich bin glücklich, dich bald bei mir zu wissen." Als sie über den Hof schritten, wurden sie intensiv beobachtet. Das Mittagessen nahmen sie in Vincenzos Lieblingsrestaurant ein, wo sie auch den Zeitplan für Geschäftsaufgabe und Umzug absprachen. Celestine zählte irgendetwas an den Fingern ab. Wieder und wieder.

„Was rechnest du?", wunderte sich Vincenzo.

„Weil es mit dem Geld knapp werden könnte", erwiderte Celestine, erneut zählend.

Vincenzo schaute sie verblüfft an. „Äh, noch nicht begriffen, dass ich deinen kompletten Umzug finanziere? Schließlich war alles meine Idee."

„Aber du kannst doch nicht ..."

„Doch. Ich kann." Er nahm ihre Hände. „Ich kann, ich will und ich werde. Jetzt entspanne dich endlich."

Am Abend führten sie gemeinsam ein Videotelefonat mit Marco, damit der bloß nicht versehentlich etwas wegen des Hauses ins Rollen brachte. Celestine hielt sogar ihren Arbeitsvertrag in die Kamera, weil ihr Bruder kaum glauben wollte, dass sie sofort und ohne Bedauern ihrem alten Leben ciao gesagt hatte. Er versprach ihr, beim Packen und den Transportfahrten zu helfen.

„Möbel und oder andere große Dinge wird der LKW mitnehmen, der auch die Restbestände aus dem Lager abholt, die Celestine bis dahin nicht verkauft hat. Wir werden ihn groß genug wählen, damit alles auf die Ladefläche passt", legte Vincenzo fest. „Ich halte dir für nächsten Samstag ein gemütliches Schlafplätzchen frei", blinzelte er zum Abschied.

„Und nun sagen wir es gleich noch Lynn und Nick", bat Celestine.

„Fantastisch!", jubelten die beiden. „Braucht ihr bei irgendetwas Hilfe?"

„Nur beim deftigen Feiern, wenn der Umzug abgeschlossen ist", meinte Vincenzo.

„Möbel werde ich möglicherweise gar nicht mitbringen", überlegte Celestine laut. „Nur meine Kleidung, Bücher, die Zimmerpflanzen und vielleicht ein wenig Hausrat."

„Deine Kisten mit den Geschäftspapieren kannst du auf dem Boden sicher einschließen", versprach Vincenzo. Er zeigte ihr im Anschluss an das Telefonat alle Räume des Hauses, die sie noch nicht gesehen hatte. Auch das kleine Hobbyzimmer seiner Frau. „Hier kannst du dir ein Rückzugsgebiet einrichten, wenn du ganz für dich allein sein möchtest." Er öffnet die Schränke und Schubladen, die seit dem Tod seiner Frau unberührt geblieben waren. Wolle, Stoffe, Knöpfe, Bastelmaterial jedweder Art kam zum Vorschein und in den Regalen standen Bücher mit Ideen und Anleitungen.

„Meine Nähmaschine wird sich freuen, in so ein Paradies umziehen zu dürfen", stellte Celestine fest, auf ein niedriges Tischchen zeigend.

„Da stand ihre auch", verriet Vincenzo. „Ich weiß nur nicht, wo sie abgeblieben ist. Sie war defekt und sollte zur Reparatur gegeben werden. Na, vielleicht taucht sie noch auf. Ich habe das Zimmer nie mehr betreten und freue mich, dass im ganzen Haus endlich wieder blühendes Leben sein wird." Er nahm Celestine in die Arme. „Räume um, wenn immer dir etwas anders besser erscheint. Willst du Möbel rücken, tun wir es gemeinsam."

Weder Celestine noch Vincenzo hatten ein beklemmendes Gefühl, in dem so lange verwaisten Raum zu verweilen. Es war, als gebe der Geist der Verstorbenen seinen Segen für die neue Verbindung und übereigne der Nachfolgerin das kleine Reich.

„Komm, wir gehen eine Runde durch die Stadt", bat Vincenzo. „Noch regnet es nicht."

„Und wenn doch, spannen wir den Schirm auf", schmunzelte Celestine. „Von normalem Wetter lassen wir uns ganz bestimmt nicht die

Laune verderben." Sie zog nur rasch einen wärmeren Pullover unter die dünne Jacke.

Wieder standen ein paar Nachbarn am Zaun und äugten den beiden erstaunt hinterher, langsam ahnend, dass das ein alltäglicher Anblick werden könnte. Auf der Flaniermeile begannen die beiden mit einem Schaufensterbummel. Celestine verriet, bestenfalls drei oder vier Mal im Jahr dazu gekommen zu sein, wirklich stehen zu bleiben und in Ruhe zu schauen. Beim Juwelier seufzte sie. „So etwas ist komplett außerhalb meines Budgets. Mein Ballschmuck war Edelstahl mit Kristallen, was glücklicherweise keinem aufgefallen ist."

„Auch Edelstahl hat einen nicht unbedeutenden Preis, genau wie Kristalle", stellte Vincenzo fest, in einen anderen Teil des Schaufensters zeigen. „Wer weiß, wer diese Kreationen auf dem Ball noch getragen hat? Vor allem, weil sie wirklich wunderschön sind."

„Am schönsten hier finde ich die kleinen tropfenförmigen Ohrhänger. Sie sind fast so beeindruckend wie Lynns Markasiten." Celestine deutet auf das Zentrum des Fensters, wo drei verschiedene Versionen mit unterschiedlichen Edelsteinen ausgestellt waren.

„Die schauen wir uns aus der Nähe an" , erklärte Vincenzo.

„Es ist schon geschlossen", wandte Celestine verunsichert ein.

„Macht nichts", schmunzelte Vincenzo, Celestine an der Hand in das Treppenhaus des Geschäftes ziehend und an der Tür zu den Hinterzimmern klingelnd. Tatsächlich näherten sich Schritte und die gepanzerte Tür öffnete sich.

„Ah, welch selten gewordener Gast!", rief der Juwelier überrascht. „Treten Sie ein!" Er begrüßte Celestine mit einer angedeuteten Verbeugung und drückte Vincenzo fest die Hand. „Womit kann ich dienen?"

„Uns haben die Ohrhänger im Zentrum des Schaufensters magisch angezogen", gab Vincenzo bekannt.

„Na so was! Die habe ich vor einer halben Stunde erst dort deponiert!", rief der Juwelier erstaunt. „Es sind Einzelpaare", betonte er, die kleine Platte aus dem Fenster nehmend. „Weißgold mit Smaragden, Platin mit Saphiren und Silber mit Aquamarinen."

Celestine stand wie paralysiert, als Vincenzo begann, ihr die unterschiedlichen Schmuckstücke an die Ohrläppchen zu halten. „Hm, die Saphire sind zu düster. Die Aquamarine wirken nicht. Die Smaragde passen hingegen perfekt zu deinem fast schwarzen Haar und den haselnussbraunen Augen. Wundervoll!" An den Juwelier gewandt: „Packen Sie mir bitte die Grünen ein."

„Aber ...", stammelte Celestine erschrocken.

„Aber ist gut!", rief Vincenzo. „Ich möchte noch eine kurze, dünne Kette mit passendem Anhänger dazu haben."

Die musste aus Einzelkomponenten zusammengestellt werden, weil Vincenzo erst zufrieden war, als Länge, Form des Anhängers und Farbe der Steine mit dem Ohrgeschmeide eine Einheit ergab. Er zahlte, dankte und steckte das Etui in die Innentasche seiner Jacke. Der Inhaber des Geschäftes brachte sie zur Hintertür. „Auf Wiedersehen! Ich hoffe sehr, Sie beehren mich wieder!"

Vincenzo schlenderte mit Celestine weiter, die sich gar nicht mehr traute, in irgendeiner Weise kundzutun, dass ihr etwas gefiel. Vincenzo blieb stehen, hob mit dem Finger ihr Kinn an, bis er ihr direkt in die Augen schauen konnte. „Für dich das Schmuck-Set zu kaufen, habe ich für mein Ego gebraucht. Ich liebe dich und das soll jeder sehen. Nun entspanne dich endlich wieder. Kaufrausch ist was anderes."

„Ich bin glücklich. Noch nie habe ich solch ein wertvolles Geschenk bekommen, von ich zudem weiß, mit wie viel Liebe es gegeben ist." Celestine wischte ein paar Freudentränen weg.

Weil das Wetter aushielt, aßen sie gleich in der Stadt zu Abend, mussten auf dem Heimweg aber tatsächlich die Schirme hervorziehen, was sie trotzdem nicht nötigte, danach schneller zu gehen. Es war schließlich Frühherbst und normal, dass es mehr regnete. Umso kuscheliger war es anschließend zu Hause.

„Whirlpool!", legte Vincenzo mit einem Blinzeln fest, ließ Wasser ein, stellte Champagnergläser auf den breiten Rand und eine Flasche in den Kühler.

„Ich komme mir wie Alice vor, als sie in den Kaninchenbau fiel", flüsterte Celestine mit glänzenden Augen.

„Möge es immer so bleiben!", wünschte sich Vincenzo. Sein Whirlpool wartete zwar nicht mit so ausgefeilter Technik auf, wie der hypermoderne von Nick, garantierte aber nicht weniger Spaß. Statt Unterwasserlämpchen gab es unzählige Teelichter, die Vincenzo anzündete, wodurch sich eine heimelige Atmosphäre aufbaute. „Manche Wünsche werden ewig welche bleiben, aber man kann ja gemeinsam träumen, wie es wäre, wenn sie wahr würden", flüsterte Vincenzo, Celestine im Wasser auf seinen Schoß ziehend. „Es gibt so viele tausend winzige Sehnsüchte, die sich erfüllen können, wenn man sie einfach kundtut."

„Ja, du hast recht", hauchte Celestine, seinen Gesten folgend, sodass ihr das sprudelnde Wasser ungeahnte Lust bereitete.

Beide tranken nur ein Glas Champagner, um mit allen Sinnen die wundervolle Zweisamkeit genießen zu können, die sie später auf dem Trockenen als leidenschaftlichen Kuschelsex fortsetzten.

Am Sonntagmorgen hatte der Regen aufgehört. Gemeinsam bereiteten sie das Frühstück vor, wobei Celestine gleich sichtete, auf welchen Hausrat sie beim Umzug verzichten konnte. Es war im Grunde genommen fast alles, denn es gab kaum etwas, das Vincenzo nicht besaß. Platz für ihre Müslischalen war im Schrank aber frei, wie er schmunzelnd bekanntgab.

„Dann hast du sicher auch ein Fleckchen, wo mein wundervoller Smaragdschmuck bleiben kann, damit er in den Umzugswirren weder Schaden erleidet, noch verloren geht", meinte Celestine.

„Da wäre, zum Beispiel, dein Nachtschränkchen", erklärte Vincenzo. „Das hat einen kleinen Safe als Wandeinbau."

„Wirklich?"

„Wirklich! Du kannst es mit Zahlenkombination oder mit Schlüssel verschließen. Ein Zweitschlüssel liegt, für den Notfall, in meinem großen Safe."

„Die Schlüsselvariante ist mir lieber", gab Celestine zu.

„Für wann hast du deine Abfahrt geplant?", fragte Vincenzo leise.

„Für zwei Uhr morgens", erwiderte Celestine mit fragendem Unterton. „Ich möchte jeden nur möglichen Augenblick bei dir sein."

Vincenzos Miene hellte sich auf. „Das ist mir auch viel lieber, als dich heute zu später Stunde wegfahren zu sehen."

„Am Samstag komme ich mit Marco etwa zur gleichen Zeit wie diese Woche. Muss dann aber auch schon Sonntag wieder weg", seufzte Celestine. „Die Zeit, bis ich bei dir bleiben kann, wird für mich hart werden."

„Dafür wird es dann umso schöner sein", prophezeite Vincenzo. „Bringe am Samstag bitte eine Kopie deines Mietvertrages mit, ich will durch meinen Rechtsanwalt prüfen lassen, ob es wirklich keine andere Lösung gibt. Sind Laden- und Wohnungsmiete eigentlich eine Einheit?"

Celestine schüttelte den Kopf. „Nein, das läuft getrennt."

„Okay, dann mache bitte einige Fotos vom Laden und dem Lager. Wenn ich es schaffe, schaue ich mir alles in zwei Wochen persönlich an. Die Kündigungen kannst du aber schon abschicken. Hier hast du auch erst mal den Schlüssel für den kleinen Safe."

Den großen Rest des Tages hielten sie sich vorwiegend im Garten auf, wo sie Umgestaltungspläne schmiedeten, die der seit Jahren verwaisten Sitzecke wieder Leben einhauchen sollten. Logisch, dass die Nachbarn hinter den Gardinen Beobachtungsposten bezogen.

Weil Celestine zu nachtschlafender Zeit losfahren musste, verzichteten sie am Abend auf jeglichen Alkohol, beschäftigten sich aber umso intensiver miteinander.

„Du gehst mir nicht ohne etwas zu Essen aus dem Haus!", rief Vincenzo, als morgens der Wecker klingelte und Celestine Anstalten machte, sofort loszufahren.

„Ja, Mama", kam es, wie aus der Pistole geschossen, von ihr.

Vincenzo stutzte, dann mussten beide lachen. „Ich mache mir ernsthaft Sorgen", bekräftigte er.

„Ich hätte mir an der Tanke einen Kaffee und einen Snack geholt", gab sie kleinlaut zu. „Du musst schließlich heute auch arbeiten und brauchst deine Ruhe."

„Erst bist du dran. Ich kann notfalls meinem Assistenten auf die Nerven gehen", schmunzelte Vincenzo, Espresso zubereitend, Brot, Butter und Marmelade auf den Tisch stellend. „So viel Zeit muss sein. Sonst mache ich mir den ganzen Tag Gedanken, ob es dir wirklich gut geht."

Sie aßen gemeinsam, dann brachte Vincenzo sie zum Auto und schaute hinterher, bis sie am Ende der Straße um die Ecke bog. Erst jetzt legte er sich wieder ins Bett, um noch zwei Stunden zu schlafen.

Celestine kam gut bis Mailand durch, arbeitete in Windeseile die fehlende Zeit auf und schaffte es, pünktlich alle Regale aufzufüllen, ehe sie ihr Geschäft öffnete. In Phasen, wo wenig Kundschaft kam, bereitete sie die Kündigung vor. Mittags rief Vincenzo an, um sich nach ihrem Befinden zu erkundigen.

„Mir geht es blendend!", rief Celestine. „Der Gedanke an dich verleiht mir regelrecht Flügel. Ich habe gerade die Papiere für den Vermieter fertiggestellt."

„Wenn du möchtest, faxe sie mir. Meine Rechtsabteilung ist vollzählig besetzt, da kann ich sofort prüfen lassen, ob du eher aus den Verträgen aussteigen kannst", schlug Vincenzo vor.

„Soll ich die Kündigung noch zurückhalten?", fragte Celestine.

„Wenigstens so lange, bis ich die ersten Erkenntnisse habe", bat Vincenzo.

„Dann verkneife ich mir vorerst auch Schilder wegen Geschäftsaufgabe", fügte Celestine hinzu, sich verabschiedend, weil mehrere Personen den Laden betraten.

Der Abendanruf erfolgte auf die Sekunde genau, wie sie schmunzelnd feststellte. „Ich bin noch im Geschäft, habe aber gerade geschlossen", gab sie Auskunft. „Heute war regelrecht der Teufel los."

„Ich beginne von hinten", erklärte Vincenzo. „Wir werden dein Geschäft als Firma übernehmen. Am Mittwoch komme ich nach Mailand, um mit dir und dem Vermieter die Modalitäten auszuhandeln. Eine meiner Verkäuferinnen aus Padua wird in dieser Zeit deinen Job übernehmen, damit dir keine Einbußen durch zusätzliche Schließung entstehen. Sie könnte auch den Laden später führen. Genauer Zeitplan noch offen, weil wir nicht wissen, wie der Vermieter reagiert. Er ist zumindest gesprächsbereit. Ich selber gehe davon aus, dass du schon in vier, statt acht, Wochen bei mir anfangen kannst. Es sei denn, du nimmst vier Wochen Auszeit."

„Oh, mein Gott!", war, was Celestine nur hervorbrachte, dann musste sie sich setzen.

„Alles okay?!"

„Doch, doch. Ich bin nur gerade völlig überwältigt von so vielen positiven Informationen. Ich werde jetzt zumindest schon mal eine Flohmarktecke im hinteren Bereich des Verkaufsraumes einrichten, wo ich meinen Hausrat zum Verkauf anbieten werde."

„Prima Idee! Ach, ich freue mich auf den Tag, wo du für immer bei mir sein wirst!" Genau so sehr freute er sich auf den Mittwoch, an dem er sie einfach nur wiedersehen werde.

Für zehn Uhr war das Gespräch angesetzt, an dem auch der Firmenrechtsanwalt Vincenzos teilnehmen werde, was dem Vermieter einige Magenschmerzen bereitete, obwohl er nicht vorhatte, das Mietrecht zu beugen, nur möglichst viel herauszuschlagen, was jeder andere auch getan hätte.

Acht Uhr dreißig kam Vincenzo in Mailand an, sodass genügend Zeit blieb, die Verkäuferin einzuweisen und den Männern gleich die bauliche Substanz der Geschäftsräume zu zeigen. Beide machten ein paar Bilder und verschafften sich einen Überblick über die Lage des Ladens auf der kleinen Straße. Dann fuhren sie gemeinsam im großen schwarzen Mercedes der Firmenleitung beim Eigentümer der Immobilie vor.

Celestine nahm, wie sie erwartet hatte, eine Nebenrolle ein. Sie wollte ausschließlich die Verträge loswerden, und das möglichst schnell und kostengünstig.

Nachdem der Rechtsanwalt immer wieder rechnete, sich neue Zahlen geben ließ, und die Daten umstellte, kam Vincenzo zu dem Schluss, dass ein Kauf des ganzen Hauses außerhalb jeder Diskussion stand. Die Fortführung des Mietvertrages über seine Firma käme nur infrage, wenn umgehend Reparaturen ausgeführt würden. Was dem Eigentümer nicht sonderlich schmeckte. Zähneknirschend willigte er in eine Kündigungsfrist von acht Wochen ein, worauf Celestine die vorbereiteten Schreiben auf den Tisch packte.

Jetzt erst schien der Vermieter zu begreifen, dass er erhebliche Mühe haben werde, unter den gegebenen Umständen neue Mieter zu finden. Das Haus werde schlagartig komplett leer stehen und es müsse ständig jemand nach dem Rechten sehen, um Schäden durch Dritte zu verhindern. Die Videoüberwachungsanlage gehörte ja Frau Navarra und die verneinte instinktiv den Verkauf.

„Dreißigtausend Nachlass beim Verkauf?", fragte er antwortheischend in die Runde.

Vincenzo schaute demonstrativ auf die Uhr. „Eine Stunde Bedenkzeit. 14 Uhr sind wir wieder hier."

Im Auto begann der Rechtsanwalt zu lachen. „Frau Navarra, Sie sind ein Geschenk des Himmels! Das Ganze steht oder fällt durch die Überwachungskameras. Sie haben ihm mit dem kategorischen Nein zum Verkauf komplett das Wasser abgegraben."

„Genau das war das richtige Wort zur richtigen Zeit", kicherte auch Vincenzo. „Soll er ruhig noch ein bisschen zappeln und glauben, wie schwer mir die Entscheidung fällt, dabei steht fest, dass ich mir den Schnäppchenpreis in dieser fantastischen Lage nicht entgehen lassen werde."

„Du kaufst wirklich das ganze Haus?", staunte Celestine.

„Aber ja! Unten bleiben die Geschäftsräume und oben können Fremdenzimmer eingerichtet werden." Vincenzo rieb sich die Hände. „Auf dem Ladenschild wird sich nur der Inhaber ändern, sonst bleibt alles, wie es ist. Es wäre töricht, deine mühevolle und sehr gute Arbeit zunichtezumachen."

Während des Essens im Restaurant hatte der Rechtsanwalt seinen Mini-Laptop auf dem Schoß und verglich permanent Wirtschaftsdaten. „Sie können es wirklich gefahrlos kaufen. Keine Hypotheken, keine Polizeieintragungen, keine Wirtschaftswarnungen."

„Na, hervorragend! Ich wollte schon immer Besitzer einer Immobilie aus dem 16. Jahrhundert sein", grinste Vincenzo mit sarkastischem Unterton.

„Willst du dir das wirklich antun?", flüsterte Celestine.

„Ja. Wir haben in den letzten beiden Tagen jedes Für und Wider abgewogen und herausgefunden, dass der Nutzen überwiegt. Nach 24 Monaten sollte ich schwarze Zahlen für das Gesamtobjekt schreiben."

Es wurde 15 Uhr, ehe Vincenzo den Kaufvertrag unterschrieb und seinen Anwalt mit allen Vollmachten ausstattete, um sämtliche behördlichen Umschreibungen tätigen zu können. „Und vergiss nicht, dass ich nun dein Vermieter bin", witzelte er, als sie mit Celestine zum Geschäft zurückfuhren, wo sich gerade wieder die Touristen tummelten. „Siehst du? Genau das ist es, weshalb ich nicht auf diesen Standort verzichten möchte. Ich werde hier sogar eine zweite Verkäuferin etablieren, damit die Arbeitszeiten einen normalen Rahmen annehmen können. Bestellwesen über die Firmensoftware, Abrechnung ebenfalls und Meldung an die Steuerbehörden von Padua aus. Aber darüber musst du dir keine Gedanken mehr machen."

Die Männer nahmen auch gleich noch zwei Koffer Kleidung mit nach Padua. Für Samstag blieb Marco im Plan, der den ganzen Rest transportieren konnte, den Celestine sicher in den nächsten vier Wochen nicht mehr benötigte.

Abends rief Vincenzo pünktlich an, fragte, wie sie alles verkraftet habe, und freute sich, dass sie sich plötzlich fast sorgenfrei fühlte, wie nie zuvor in ihrem ganzen Leben.

Celestine schnürte Bücher zusammen, stapelte volle Kisten gleich im Flur, um kurze Wege zum Auto zu haben. Die Kleidung für vier Wochen legte sie so bereit, wie andere einen langen Urlaub vorbereiteten.

Natürlich fiel in der Nachbarschaft auf, dass sich etwas veränderte, und so weihte sie die Inhaber der umliegenden Geschäfte ein und bat, die neuen Verkäuferinnen so zu unterstützen, wie sie es immer mit ihr getan hatten.

Marco stand am Sonnabend pünktlich auf der Matte, um Celestine ein bisschen im Laden zu helfen, ehe sie sich auf den Weg nach Padua machten. Er hieß alles, was sich inzwischen ergeben hatte, eindeutig gut. Besonders, dass Vincenzo seine Pläne präzise durchzog, um Celestine mit allem zu entlasten.

„Ich habe ein durch und durch gutes Gefühl", schwärmte sie, die Fahrt wirklich genießend.

Das hatte Marco auch, als ihn Vincenzo bei der Ankunft fest an sich drückte. Da stimmte einfach alles und kam von Herzen.

Celestine räumte ihre Habe gleich akkurat in die Schränke, um einige leere Taschen für die letzten Dinge wieder mitzunehmen. Die beiden Männer unterhielten sich über verschiedene Projekte, die Marco in den nächsten Monaten abarbeiten wollte. Darunter das Vorhaben, sich eine Wohnung in Verona zu suchen, um nahe bei der Familie zu sein, wie er es schmunzelnd nannte.

„Wenn du einen großen LKW brauchst, weißt du ja, wo du dich hinwenden musst", blinzelte Vincenzo.

Ehe Marco antworten konnte, klingelte das Telefon. Nick und Lynn fragten nach, ob Unterstützung gebraucht werde. So hielt man gleich eine halbe Stunde Videokonferenz ab, um jeden über alles zu informieren.

„Hat doch perfekt gepasst", freute sich Celestine, die es sichtlich genoss, endlich Teil einer Familie zu sein, die sich umeinander kümmerte.

Vincenzo hatte trotz der späten Stunde in seinem Lieblingsrestaurant Plätze reserviert, sodass man das Wochenende völlig entspannt angehen konnte. Der Wirt machte keinen Hehl aus der Hoffnung, Vincenzo wieder öfter begrüßen zu dürfen.

Vincenzo nahm Celestines Hand, blinzelte vergnügt und erwiderte: „Damit ist durchaus zu rechnen."

„Dann sollte ich wohl gleich nodo d'amore servieren", lachte der Wirt.

„Das ist gar keine schlechte Idee!" Vincenzo versicherte sich mit Blicken bei seinen Begleitern und fügte hinzu: „Hier ist der Teig so hauchzart, dass man die Füllung sehen kann. Ihr werdet sie mögen." Während in der Küche die

Speisen zubereitet wurden, erzählte er Celestine und Marco über das Festa del nodo d'amore. Das Fest der Liebesknoten, das in jedem Jahr am dritten Dienstag im Juni auf der Visconti-Brücke in Valeggio sul Mincio gefeiert wird. „Wenn ihr mögt, besorge ich für das nächste Jahr Karten! Lynn und Nick haben schon welche, um es bloß nicht zu verpassen."

„Ich möchte!", rief Celestine sofort. „Mir hat eine Kundin voller Begeisterung von ihrem Besuch dort vorgeschwärmt und ich liebe Tortellini!"

„Dann habe ich jetzt die ultimative Gaumenfreude für Sie", schmunzelte der Wirt, Tortellini in mehreren Varianten auftragend. Füllungen aus Käse, Honigkürbis, Fleisch und Lachs gaben sich die Ehre, abgerundet mit verschiedenen zur Auswahl stehenden Soßen und geriebenem Käse.

„Fantastico!", murmelte Marco, sich erfreut die Hände reibend und schnuppernd die Nase hebend, weil es überaus lecker duftete.

Rundum zufrieden schlenderten sie zwei Stunden später zurück, um sich zur Nachtruhe zu begeben. Oder „Unruhe", wie Celestine blinzelnd flüsterte. Weil die Gästezimmer eine Etage höher und auf der anderen Seite des Hauses lagen, war nicht zu erwarten, dass Marco unfreiwillig lauschen musste.

Das gemeinsame Duschen gipfelte schnell in einem leidenschaftlichen Streicheln und Liebkosen, welches sie rasch auf rutschsicheres Terrain verlegten, um den vollen Genuss zu haben. Auf Licht verzichteten sie, verließen sich stattdessen auf alle jene Sinne, die im Dunkeln zur Höchstform aufliefen. Vincenzos Fingerspitzen glitten kreisend vom Celestines Kinn an tiefer, huschten über die Oberschenkel, um plötzlich die Richtung zu wechseln.

Das wohlige Aufseufzen bannte sie auf dem Fleck, was zur Folge hatte, dass Celestine sie sanft in eine Position dirigierte, wo in kürzester Zeit ein Feuerwerk der Gefühle explodierte. Seite an Seite genossen sie die knisternde Atmosphäre und Vincenzo entschloss sich, das heiße Spiel minimalistisch fortzusetzen, indem er, auf dem Rücken liegend, ihr Bein über seine Schenkel zog, um bequem seitlich gedreht, tief in ihre Vagina eindringen konnte.

Celestine umfasste seinen Oberschenkel mit beiden Händen. Instinktiv genau das Richtige, um die Intensität noch ein wenig zu erhöhen, sodass Vincenzo die volle Lust ausleben konnte.

„Alle Feiertage auf einem Mal", brummte er zufrieden, sie innig küssend.

„Oh ja", wisperte sie, sich zum Schlafen an seine Seite kuschelnd.

Am Morgen staunte Vincenzo: Celestine war unbemerkt davongehuscht und hatte das Frühstück vorbereitet. „Das Gedächtnis funktioniert ganz gut, wo ich was, beim letzten Besuch gesehen habe", lachte sie, den Männern Espresso einschenkend, denn Marco hatte sich soeben eingefunden.

Er hob plötzlich den Blick und schaute Vincenzo nachdenklich an. Der legte den Kopf schief und wartete auf eine Erklärung. Marco zog die Augenbrauen zusammen, um in Gedanken die Frage, die er stellen wollte, noch einmal neu zu formulieren. Dann entschloss er sich, ein paar Worte vorab zu sagen, um nicht allzu plump mit der Tür ins Haus zu fallen. „Ich hatte soeben die Blitzidee, die Möbel von Celestine zu übernehmen. Das Problem: Ich müsste sie einlagern, bis ich eine dauerhafte Bleibe in Verona habe. Ich bin ja bisher ein Wandervogel gewesen, der mit zwei winzigen Zimmern auskam."

Vincenzo schmunzelte: „Deswegen musst du dir keine grauen Haare wachsen lassen. Die können wir in der großen Lagerhalle in einem verschließbaren Container unterbringen. Der Lastwagen, der die nächste Lieferung nach Mailand bringt, wird die Möbel mitnehmen und ich kümmere mich persönlich um alles Weitere."

„Oh, danke! Das ist super!" Marco atmete auf.

„Prima, dann muss ich mir auch keinen Kopf mehr wegen eines Verkaufs machen", freute sich Celestine.

„Sage mir den Preis, ich zahle sofort!", rief Marco.

Celestine tippte sich undamenhaft an die Stirn. „Bringt mir das Glück ins Haus und faselt vom Bezahlen!"

Vincenzo brach in schallendes Lachen aus, weil Marcos Blick solch eine Palette an Gefühlen widerspiegelte, dass es wirklich urkomisch wirkte. „Sei mir bitte nicht böse, aber Celestines Geste allein war schon die perfekte Antwort. Wir haben dir alle viel zu verdanken. Das vergisst keiner von uns."

„Oh je", seufzte Marco. „Ich hatte schon in Costa Rica versucht, meinen Heiligenschein abzuschalten, aber der flammt wohl immer wieder auf."

„Das tut er, weil er echt ist", meinte Vincenzo vergnügt blinzelnd. „Woanders versuchen Leute krampfhaft, zu glänzen, die von absolut nichts einen Schimmer haben."

„Das ist wohl wahr!", schmunzelte Marco.

„Oh, da fällt mir gerade etwas ein. Ich muss mal ganz schnell telefonieren!", rief Celestine. „Bin gleich wieder da!"

„Mir ist auch gerade eine Idee gekommen", merkte Vincenzo an. „Die passt ebenfalls irgendwie zum Thema Umzug. Ich habe vor einigen Jahren meinen ziemlich großen Pool einfach mit Muttererde verfüllen lassen. Den würde ich liebend gern wieder ausbuddeln, jetzt, wo auch in dieses Haus das Glück zurückgekehrt ist."

Marco zeigte auf seinen Bizeps. „Sagst mir, wann es losgehen soll, und gibst mir eine Schaufel."

„Äh … ich denke, ich sollte eher einen Minibagger für die groben Arbeiten mieten", murmelte Vincenzo. „Das Ganze ist 15 Meter lang, etwa halb so breit und etwas über zwei Meter tief, wobei darüber ein Haufen liegt, der auch einen Meter hoch sein dürfte."

„Zeige es mir!", bat Marco und alle gingen in den Garten.

„Hier, wo jetzt die Glaswand des Wintergartens aufhört, geht das Areal los und endet zwei Meter vor dem Hochbeet", erklärte Vincenzo. „Die komplette Technik existiert noch und auch die Schienen für das Dach dürften zu retten sein."

„Ich wollte schon immer mal Minibagger fahren", grinste Marco. „Aber wo soll der Aushub hin?"

„In einen Container, den ich mit anmieten werde", gab Vincenzo nach kurzem Überlegen bekannt. „Ich werde die Firma die Erdarbeiten komplett machen lassen. Dich und Nick brauche ich, wenn die Reparaturarbeiten losgehen."

„Du kannst auf mich zählen!"

„Dafür ist dann auch Badespaß angesagt, wenn du zu Besuch kommst", versprach Vincenzo.

Celestine hatte ihr Telefonat beendet und war ihnen in den Garten nachgeeilt. „Wenn nur die Neugier nicht wäre!", kicherte sie. „Die Nachbarn müssen doch schon völlig platte Nasen haben!"

„Darauf kannst du wetten! Die laden wir aber erst zur Gartenparty ein, wenn Pool und Garten wieder Schmuckstücke sind", blinzelte Vincenzo. „Weshalb, wirst du ziemlich schnell herausfinden, obwohl mit allen ein gutes Auskommen ist."

Weihnachten in Familie

Vierzehn Tage später sortierte sich das Leben komplett neu. Celestines Umzug war abgeschlossen, sie hatte ihren ersten Arbeitstag als Kundenberaterin, die beiden angestellten Verkäuferinnen führten das Geschäft in Mailand, dessen neuer Besitzer Vincenzo Tozzi war.

Logischerweise hatten sich die Veränderungen schnell in der Branche herumgesprochen und Vincenzo bekam die Anfrage eines Geschäftspartners, ob er die beiden Wohnetagen mieten könne. Vincenzo konnte eine stetige Geldquelle nur recht sein, solange niemand seinen Verkaufsbetrieb im Erdgeschoss behelligte. Entsprechend wurde der Mietvertrag geschlossen und Celestines schlechtes Gewissen, er könne sich ihretwegen ruinieren, schwand endlich.

An den Wochenenden, so es das Wetter zuließ, stand sie mit Vincenzo im Garten, wo sie die Eckpunkte des Pools freilegten, ehe die Baufirma zu graben begann. Lynn und Nick hatten ihnen volle Unterstützung zugesichert, wenn es an den Endkampf und das Saubermachen ging.

Lynn befand sich auch gerade in einer Art Endkampf – nämlich den, pünktlich die Festtagbestellungen abzugeben oder zu versenden. Nick hielt ihr, wenn immer es möglich war, den Rücken frei, damit sie sich zum Feierabend ausreichend erholen konnte. So widmete sie sich, für ihre Begriffe, recht entspannt den Vorbereitungen für das Fest im Familienkreis. Sie hatte die beiden Enten pünktlich in Empfang nehmen können, alle anderen Zutaten in Speisekammer und Kühlschrank zusammengetragen, sodass die Gaumenfreuden garantiert waren. Eine größere Lieferung Dresdner Stollen war schon avisiert und sollte in den nächsten beiden Tagen eintreffen. Gerade rechtzeitig, um auch die Vorweihnachtszeit zu versüßen. Zudem waren die Leckereien als Geschenk im Freundeskreis und in der Familie vorgesehen.

Beim Plätzchenbacken stellte sich, wie durch Zauberhand, jedes Mal Nick ein, um Teig zu naschen. Zur Strafe musste er mitarbeiten, wie im Vorjahr. Was er natürlich, ohne zu murren, tat, schon um einfacher an den begehrten Teig zu kommen, wie er breit grinsend erklärte. Die fertig gebackenen Plätzchen rührte er nicht an, um Lynn nicht ernsthaft zu verärgern.

Abends verwöhnte er sie mit ausgiebigem Rückenstreicheln und sinnlichem Kuschelsex. Seine warmen Lippen liebkosten ihre Haut, seine Zunge huschte zwischen ihre Schenkel, Lynn hielt seinen Kopf umfangen, presste ihn fest an sich. Sie erlebte einen Orgasmus, der sie fast ohnmächtig werden ließ.

„Stoff für meinen megaheißen Sukkubus", flüsterte Nick, langsam wieder nach oben gleitend, um wenig später sanften, sehr erfüllenden Sex mit ihr zu haben.

„Wie wäre es wieder mal mit Spielzeug?", blinzelte Lynn vielsagend.

„Fantastische Idee", raunte Nick. „Das wird schon denken, wir mögen es nicht mehr."

„Morgen?"

„Morgen!" Er deckte sie sorgsam zu und freute sich schon jetzt auf den kommenden Abend. Im gedämpften Licht der Sterne konnte er sehen, dass sie mit einem Lächeln auf den Lippen einschlief. „Mein wertvollster Schatz", flüsterte er liebevoll, sie schützend im Arm haltend.

Erst am Morgen wurde ihm bewusst, dass Samstag war und sie spätestens mit dem Mittagessen in den Privatmodus gehen konnten, um wirklich einen grandiosen Abend gestalten zu können. Die elektronische Verfügbarkeit setzten beide auf unabkömmlich und ließen den lieben Gott einen guten Mann sein.

„Essen kochen oder gehen?", fragte er, als Lynn den Staubsauger in die Abstellkammer rollte.

„Gehen!", strahlte sie. „Ich glaube, das haben wir uns verdient."

Sie zog ihn zum Kleiderschrank, um sich demonstrativ winterausgehfein zu machen. Nick zog seinen Lieblingswohlfühlpullover hervor, von Lynn im Norwegermuster handgestrickt. Dazu wählte er schwarze Jeans.

„Molto bene", schmunzelte Lynn. Sie schlüpfte in ein beiges Strickkleid, zog eine warme Strumpfhose an und darüber gestrickte Overkneestrümpfe mit dem gleichen Muster wie Nicks Pullover. „Wir können gehen!"

Massimo erspähte die beiden zufällig durchs Fenster und wurde vor Freude hektisch, als er bemerkte, dass sie direkt auf seine Tür zusteuerten. „Rosanna! Lynn und Nick kommen! Stecke die Calamari in den Frittierkorb!" Er öffnete ihnen die Tür, sodass sie Arm in Arm hereinspazieren konnten. „Willkommen, meinen Lieben!" Dass einige Gäste erstaunt schauten, interessierte ihn nicht. „Das Menü aus der Karte oder lieber den Häppchenteller?", fragte er, als beide Platz genommen hatten.

„Häppchen!", erwiderten sie im Chor und Massimo grinste vergnügt. „Die Calamari dürften gleich so weit sein. Die sind sofort ins Öl gesprungen, als sie euch auf der Straße gesehen haben."

„Fantastico!", lachte Nick. „Bringst du uns bitte eine Flasche süßen Weißen aus Bardolino?"

„Aber gerne! Kommt sofort!" Massimo eilte erfreut davon. Wenn sie eine Flasche bestellten, dann blieben sie meist noch bis zum frühen Nachmittag und gönnten sich eine Auszeit.

Rosanna kam mit den frittierten Calamari, um ihre Lieben überschwänglich zu begrüßen. „Ah, schick seht ihr wieder aus! Ich freue mich so, dass ihr da seid!"

Massimo brachte den Wein, zündete eine neue Kerze auf dem Tisch an und wünschte guten

Appetit. Das Flämmchen spiegelte sich in Lynns Augen, die zum bestimmt Tausendsten Mal das Bild betrachteten, welches Nick geschaffen hatte.

„Du denkst auch gerade an unser allererstes Date an diesem Tisch", wisperte Nick mit Bestimmtheit und bekam ein wundervolles Lächeln, das Antwort genug war.

Massimo räumte das Geschirr an einem Tisch neben der Nische ab, wobei er seinen Blick zu Lynn und Nick schweifen ließ. Es war deutlich, dass sich die beiden wortlos unterhielten und die Augen verrieten, worüber.

„Rosanna, ich muss für einen Augenblick außer Haus", erklärte Massimo, als er wieder in die Küche kam. „Ich möchte die beiden überraschen!"

„Geh nur, ich trage ihnen gleich das Essen auf. Heute hält sich der Trubel doch in Grenzen."

Massimo huschte davon.

Lynn und Nick ließen sich den großen Meeresfrüchteteller schmecken und die vielen liebevoll zubereiteten Pastakreationen. Sie nippten am Wein und ließen jene Tage Revue passieren, an denen sie sich das erste Mal und immer wieder begegnet waren und wie Nick schließlich aktiv Schicksal gespielt hatte, weil er von Lynn magisch angezogen worden war.

„Und alles wegen eines großen blauen Eises, das du selbstvergessen und überaus sinnlich genossen hast", schmunzelte Nick.

Lynn schüttelte kaum merklich den Kopf. „Wenn ich an den Blick denke, als die böse Fee in mir die Frau auf deinem Gemälde erkannte, wird mit heute noch ganz sonderbar zumute."

„Ob die Schlümpfe überlebt haben?", überlegte Nick halblaut.

„Ich denke schon. Hab ja schon ewig kein Schlumpfeis mehr gegessen", seufzte Lynn.

„Dann wird es aber Zeit!", hörten sie Massimo sagen. Er jonglierte soeben ein kleines Tablett heran, von dem er ihnen mit verschmitztem Lächeln zwei große Waffelbecher mit je einer Riesenportion der begehrten kalten Leckerei servierte. „Soeben von Lynns Lieblingseismann erstanden. Lasst es euch gut schmecken!"

„Massimo, du bist der Größte!", jubelte Lynn.

Nick starrte das Eis an. „Ich glaube, ich träume! Kannst du Gedanken lesen?"

„Aber natürlich! Alle Wirte können das!", antwortete Massimo im Brustton der Überzeugung und trollte sich lachend. Die Überraschung hatte eingeschlagen, wie eine Granate. So viel stand fest. Weil er die Gewohnheiten seiner Freunde bestens kannte, brachte er für Nick Espresso und für Lynn Cappuccino, die sich über den gelungenen Tag freuten, wie andere, wenn sie den Jackpot im Lotto geknackt hatten.

Nick zahlte mit ordentlichem Trinkgeld, sie verabschiedeten sich herzlich und schlenderten, Arm in Arm, wie sie gekommen waren, langsam nach Hause.

„Mögen alle Schutzheiligen dieser Welt auf die beiden aufpassen!", wünschte sich Rosanna inständig.

Nick zog die Haustür ins Schloss und Lynn an seine Brust. „Ich liebe dich!"

„Ich dich auch!" Sie schmiegte sich mit geschlossenen Augen an ihn.

Eng umschlungen stiegen sie die Treppe hinauf. Lynn streifte im Flur ihre Stiefeletten ab, warf den Mantel mit gezieltem Schwung über den Garderobenhaken und schaute Nick erwartungsvoll an.

„Whirlpool?"

„Oh ja!" Lynns Augen begannen, zu funkeln. Sie ließ das Wasser in die Wanne, Nick holte den besten Champagner aus der Speisekammer. Er füllte zwei Gläser nur zur Hälfte und stellte die Flasche in den Kühlschrank. Es sollte ausschließlich für stilvolle Stimmung sein, sie hatten zum Essen schließlich schon Alkohol getrunken. Weil der Wasserzulauf automatisch stoppte, wenn der gewünschte Füllstand erreicht war, widmete sich Nick mit Hingabe seinem Schatz.

Lynn hatte das Wollkleid abgelegt, Nick streifte ihre Overkneestrümpfe herunter, um mit der Strumpfhose fortzufahren. Dabei spähte er schon nach der blütenweißen Spitzenunterwäsche. Inzwischen hatte Lynn seinen Hosenknopf nebst Reißverschluss geöffnet und die Jeans machte sich ganz langsam selbstständig. Gleichzeitig zog Lynn seinen Pullover nach oben, aus welchem er mit einer geschickten Bewegung herausschlüpfte. Das Unterhemd folgte. Was sich unter den Boxershorts regte, ließ Lynn lustvoll aufseufzen.

Irgendwie landeten beide Augenblicke später im Whirlpool, doch wie sie aus der restlichen Wäsche gekommen waren, hätten sie nicht sagen können. Es musste auch ziemlich heiß hergegangen sein, denn das halbe Bad schwamm und der Champagner war lauwarm.

„Oh!", sagten sie gleichzeitig, das Chaos betrachtend, fingen an zu lachen und prosteten sich zu. Man lebte nur ein Mal und der heutige Tag kam nie wieder.

„Hmmmm." Nick kratzte sich grinsend am Ohr. „Ich werde wohl doch etwas unternehmen müssen, damit wir auf dem Weg ins Schlafzimmer nicht ertrinken." Er warf ein großes Saunatuch auf den Boden und, weil das nicht die ganzen Fluten aufsaugte, ein Zweites. So kam er bis zum Regal, um welche zu holen, mit denen sie sich abtrocknen konnten.

„Den Rest macht die Fußbodenheizung", kicherte Lynn, Nick an der Hand hinter sich her bis ins Bett ziehend.

Nick dimmte das Licht und fragte, als sie das Sexspielzeug aus dem Nachtschrank nahm: „Hast du dir die Einstellungen gemerkt?"

Lynn schmunzelte. „Selbst wenn – wir beginnen am besten von null."

„Ein guter Plan", stellte Nick zufrieden fest und fasste nach dem lila Dildo.

Am Geräusch der verschiedenen Schaltungen erkannte Lynn recht schnell wieder, was sie keinesfalls wollte. So wurde es ein langes, leidenschaftliches und für beide lustiges, Spiel, aus dem Nick wieder unzählige Anregungen für seinen Auftrag übernehmen konnte.

Als er drei Tage später die erste Sukkubus-Bilderserie fristgemäß an seinen Auftraggeber übergeben hatte, war er vor Freude völlig überdreht, wie es Lynn kichernd bezeichnete.

„Kein Wunder, mein Schatz, ich habe selten solch einen hohen Betrag mit einem Auftrag erzielt. Nun brenne ich noch mehr darauf, die zweite Serie zu beginnen." Er verriet aber nicht, dass er zwischendurch, heimlich, an einem bestellten Werk arbeitete, welches ihm privat riesigen Spaß bereitete. Er freute sich händereibend auf die Reaktionen, wenn das Bild enthüllt werde.

Ein paar Tage vor Heiligabend stellte Nick drei kleine künstliche Tannen auf und Lynn begann, sie zu schmücken. Diesmal wollte sie nichts traditionell gestalten, hatte deshalb mehrere LED-Lichterketten bereitgelegt und einen großen runden Teppich aus flauschigem weißen Plüsch mit Lurex, der Schnee symbolisieren sollte. Vor den drei hell erstrahlenden Bäumen mit Kunstschnee und Lichtern, so hatte sie vor, konnten die verpackten Geschenke abgelegt werden.

Nick schaute immer wieder interessiert herein, weil sie, aus Spaß am Glanz, die Ketten eingeschaltet hatte, bevor sie diese um die Bäume wand. Sein Interesse schien eher Lynn in ihrer hautengen Jeans zu gelten, deren weißes T-Shirt zudem im Licht der LEDs hell erstrahlte und ihn wohlig daran erinnert, dass sie sein Schutzengel mit den unsichtbaren Flügeln war. Im Augenblick kämpfte sie mit drei Licht-Strängen, die sich völlig miteinander verheddert hatten.

„Mach eine Pause!", schlug Nick vor, ihr und sich eine Nikolausmütze aufsetzend, Lynn fest in die Arme schließend.

Sie kuschelte sich an seine Brust. „Das wird wohl das Beste sein. Langsam wird die Sache schweißtreibend."

„Gegen zu viel Wärme hilft Ausziehen. Wer sagt denn, dass nur eingepackte und nicht auch ausgepackte Geschenke hier liegen dürfen?" Er öffnete ihren Hosenknopf.

„Na ja, wo du recht hast ..." Lynn stieg nur zu gern in das Spiel ein. Ihr Geschenk des Himmels war Nick, da gab es nichts zu diskutieren. Dass mehr, als leidenschaftlich kuscheln, für Lynn im Augenblick wegen der frauentypischen Monatsprobleme nicht akzeptabel war, wusste Nick. So stoppte er bei Slip und BH, um sie nicht zu verärgern. Wobei sie wahrlich nicht zu jenen gehörte, die aus solchen Tagen ein allgemeines Drama machten.

So lagen sie wenige Wimpernschläge später auf dem Plüschteppich, inmitten des Lichtenkettengewirrs, genossen intensiv mit geschlossenen Augen das sinnliche gegenseitige Rückenstreicheln, das Anschmiegen und die warme Haut des anderen.

Das laute Piepen des Timers der Backröhre weckte sie irgendwann – im wahrsten Sinne des Wortes. Ein irritierter Blick auf die Uhr verriet, dass sie fast eineinhalb Stunden eng umschlungen tief und fest geschlafen hatten.

Nick küsste Lynn auf die Nasenspitze, ehe er sie an den Händen auf die Füße zog, sie noch einmal fest an sich drückte, wobei er raunte: „Der Teppich hat den Test bestanden. Auch große Geschenke passen darauf."

„Oh ja! Es ist immer wieder eins, dass wir trotz Stress stets auch Zeit für uns finden. Ich liebe dich!" Lynn ließ sich von Nick anziehen, der ein bisschen ein schlechtes Gewissen bekam, sie könne sich verkühlt haben.

„Ach, quatsch! Vergiss die Fußbodenheizung nicht, und dass du mich die ganze Zeit mit seinem Körper gewärmt hast." Sie widmete sich wieder den Lichtschnüren, die nun noch ein bisschen mehr verschlungen waren. Schmunzelnd dachte sie: *Warum soll es denen anders gehen als uns?* Dann setzte sie wieder ihre Zipfelmütze auf, summte Weihnachtslieder und pulte mit wahrer Engelsgeduld die Stränge auseinander. Eine halbe Stunde später war die Ecke perfekt, der weiße Plüsch wirkte jungfräulich und völlig unberührt – Weihnachten konnte kommen.

Am 13. Dezember hatte Lynn und Nick nach italienischem Brauch mit ihren Freunden Santa Lucia, die Botin des Lichts, gefeiert.

Celestine, Vincenzo und Marco waren für den 25. und 26. eingeplant, Rosanna und Massimo, die sich auf diesen Tag schon das ganze Jahr freuten, nur für den ersten Feiertag.

Vincenzo und Celestine kamen bereits am Morgen. Vater und Sohn verschwanden im Atelier, während sich die Frauen gemächlich daran machten, das Fest vorzubereiten. Das herzliche Lachen der beiden lockte schließlich auch die Männer hervor, die sich um die Getränke kümmerten. Marco kam gegen zehn Uhr, kurz nach ihm stellten sich Rosanna und Massimo ein.

Lynn konnte inzwischen schon recht flott auf Italienisch mithalten, hatte sie doch einen Lehrer engagiert, der ihr die Sprache von der Pike auf beibrachte, sodass auch die Grammatik recht gut funktionierte. Sie hatte es nicht bereut, der Empfehlung Andreas, Nicks bestem Freund, gefolgt zu sein. Die Reverenz, in welchem Haus er nun ein- und ausging, hatte dem jungen Mann einige gute andere Buchungen gebracht, sodass der Preis für Lynns Unterricht rabattiert wurde. Wenn doch die Worte fehlten, dann redete Lynn mit Händen, Füßen oder auf Englisch weiter, was mitunter zu lustigen Szenen führte.

Als Mittags die gebratenen Enten auf dem Tisch standen, bekam Massimo einen völlig verklärten Blick. „Ach, ich liebe es, wie Lynn das Federvieh zubereitet!" Dann wandte er sich mit halb geschlossenen Augen dem Braten und den Grünen Klößen zu.

Nach den ersten Happen konnte Celestine die Begeisterung des Gastronomen und die Vorfreude Vincenzos nachvollziehen. Es schmeckte vorzüglich.

„Ich glaube, du musst mich im nächsten Jahr wieder einladen", brummelte Marco begeistert vor sich hin.

Rosanna zeigte stumm auf sich und kaute genüsslich weiter.

„Aber gerne doch!", lachte Lynn. „Ein Hoch auf die schnatternden Piepmätze!"

Am Nachmittag sollte nach deutschem Brauch die Bescherung stattfinden. Die vielen bunten Päckchen hatten schon zu den wildesten Spekulationen geführt und das Aufpacken wurde mit Spannung erwartet. Marco wurde als Weihnachtsmann ausersehen.

„Aber verkleiden muss ich mich jetzt nicht?!", fragte er etwas irritiert, worauf gleich wieder Gelächter einsetzte und ihm Lynn, um ihn zu necken, ihre rote Zipfelmütze aufsetzte.

„Stopp!" Celestine kramte schmunzelnd, ihr Handy hervor, um ein Bild von ihm zu machen, wie er, breit vor sich hin grinsend, inmitten der funkelnden Bäume stand. Dafür musste sie als Erste ein Gedicht aufsagen oder ein Lied singen, wie es Lynn im Voraus angekündigt hatte.

„Ach herrje!", seufzte Celestine, ein spanisches Weihnachtslied anstimmend. In dem Augenblick, wo Marco spontan mit einsetzte, konnte sie die Tränen nicht zurückhalten und fiel ihm gerührt um den Hals. Auch Lynn und Rosanna zogen die Taschentücher hervor, weil der Moment so ergreifend war.

Als alle Päckchen verteilt waren, begann das große Öffnen und die ersten „Ahhh" und „Ohhh" ertönten. Für Celestine hatte Lynn eine ähnliche silberfädige Stola gehäkelt, wie sie selber besaß, nur das Muster war anders. Rosanna fand ein warmes Tuch in ihrem Päckchen, wie sie es sich schon lange heimlich gewünscht hatte. Für die Männer hatten Nick und Lynn Stollen eingepackt.

„Oh, Klasse!", jubelte Marco. „Da sind die Abende gerettet. Es wird genascht!" Sein zweites Päckchen machte er äußerst vorsichtig auf. Ein Buch schien es nicht zu sein, auch wenn die Form vielleicht gepasst hätte. Celestine und Nick wechselten auffällige Blicke. Die Spannung stieg. Die letzte Hülle fiel, Marco bekam riesengroße Augen, gab einen kieksenden Ton von sich, dann begann er, wiehernd zu lachen. „Ist das herrlich!", japste er, nach Luft ringend. Alle machten lange Hälse, was er denn bekommen habe.

Nick nahm das Geschenk vorsichtig auf, und hielt es so, dass es jeder betrachten konnte. Es war ein Ölgemälde im Stil Tintorettos, das einen Heiligen mit einer strahlenden Gloriole zeigte, angebetet von einer vierköpfigen Gruppe, deren eine Figur ebenfalls ein Strahlenkranz zierte. Die fein gearbeiteten Gesichter ließen keinen Zweifel, um wen es sich handelte. Es war Marco in der Schar seiner Anhänger Lynn, Celestine, Vincenzo und Nick. Ein kurzes Stutzen, dann hörte man alle sicher noch an der Scaligerburg lachen.

„Wer war das?", prustete Marco, der sich gar nicht mehr beruhigen konnte.

Celestine und Nick zeigten sofort aufeinander, wodurch das Lachen erneut aufflammte.

„Jetzt weiß ich, mit wem du plötzlich telefonieren musstest, als es um Marcos Heiligenschein ging!", rief Vincenzo, Celestine lustig mit dem Finger drohend.

„Und ich begreife, warum wir in den letzten Wochen so oft in alle möglichen Kirchen gegangen sind", kicherte Lynn.

„Du hast es gar nicht gewusst?!", staunte Celestine.

„Ach, i wo!" Lynn betrachtete vergnügt das ungewöhnliche Heiligenbild.

Nick gab zu: „Ich habe mich die ganze Zeit auf diesen einen Moment gefreut, wo Marco merkt, was er da vor sich hat."

Marco drückte Nick und Celestine fest an sich. „Das Bild ist einfach grandios. Die alten Meister hätten ihre helle Freude daran gehabt. Ich vermute, du hast den wahnsinnbreiten Rahmen auch noch selber mit Hand vergoldet."

„Erwischt!", kicherte Nick. „Wenn schon, dann Echtholz und Echtgold."

„Es ist umwerfend schön!" Marco betrachtete das wertvolle Geschenk mit mildem Blick. „Wundervoll ist, dass du deinem Engel ohne Flügel nicht nur die Gloriole, sondern auch diese überirdisch schimmernde Aura verliehen hast. Ja, ich liebe dieses Bild schon jetzt sehr. So, aber nun bin ich neugierig, was in den anderen Päckchen ist!"

Massimo fand zwei Damaszener Messer und hüpfte fast wie Rumpelstilzchen vor Freude. Vincenzo blinzelte, er hatte genau das Richtige getroffen. Celestine hielt ein Etui in der Hand, aus welchem Ring und Armkettchen, zu ihrem Smaragd-Set passend, zum Vorschein kamen. Nick freute sich riesig über ein Pinsel-Set, nach dem er schon lange erfolglos und sehr verzweifelt auf der Jagd gewesen war. Vincenzo sah sein Geschenk nur auf dem Handy. Es war zu groß, um es weihnachtlich einzupacken – eines von Nicks riesigen hyperrealistischen Bildern von der Scaligerburg in Malcesine, welches er nach

Maß der freien Wand im Eingangsbereich der väterlichen Villa geschaffen hatte.

„Du bist verrückt", murmelte Vincenzo, ihn in seine Arme ziehend. „Völlig verrückt!"

„Und was ist mit Lynn?", fragte Marco beunruhigt, die selber nicht einmal bemerkt zu haben schien, dass sie keine Päckchen vor sich liegen hatte.

Rosanna stand auf und winkte mit dem Finger in die Runde, ihr in den Wohnraum zu folgen. Erstaunt trabten alle hinterher, wo Rosanna wortlos auf die Orchideenvitrine zeigte, die sie gleich nach ihrer Ankunft heimlich neu bestückt hatte.

„Ohhh!" Lynn faltete die Hände, weil sie das Wunder kaum fassen konnte.

Rosanna und Massimo war es unter unzähligen Mühen gelungen, eine der überaus seltenen schwarzen Orchideen aufzutreiben, die Lynn von Nicks Bildern aus Singapur kannte. Vincenzo hatte sich an den Kosten beteiligt.

„Und weil wir gerade mal hier sind", schmunzelte Nick, „bekommt Lynn mein Geschenk auch hier." Er schaltete den riesigen Fernseher ein, drückte eine Taste auf einer Fernbedienung, die es bisher gar nicht gegeben hatte, und schon erschienen die Livebilder aus dem Dachstuhl-Domizil der Fledermäuse in gestochen scharfer Großaufnahme.

„Juhuuuu! Mäuse-Kino!", jubelte Lynn, ihn herzhaft küssend. Nun musste sie allerdings die deutschen Begriffe erst einmal detailliert erklären, denn im Italienischen heißen Mäuse *toppi*, Fledermäuse aber *pipistrelli*, und weil die Fledermäuse auch gar nichts mit Mäusen zu tun haben, außer dass beide zur Klasse der Säugetiere gehören. Genau wie es das *Mäuse-Kino* hier gar nicht gab. Kein Wunder, dass sie gleich danach wieder auf ihren Dschungel-Urlaub mit Marco kamen und begeistert von ihren Erlebnissen mit den Fledertieren erzählten.

„Jetzt hätte ich doch glatt vergessen, dass ich auch noch eine Überraschung für Lynn habe!", rief Marco. Er zog aus seiner großen Reisetasche ein Set zum Herstellen von Resin-Schmuck hervor, samt den Komponenten, um die Masse zu mischen.

Lynn fiel ihm dankbar um den Hals. „Alles echtes Silber?!", staunte sie, die Prägestempel der Ohrhaken und Anhängerösen betrachtend und feststellend, dass völlig andere Modelle auf dem Karton abgebildet waren.

„Ich habe ein bisschen geschummelt und den einfachen Kinderschmuckkram gegen etwas wirklich Wertvolles ausgetauscht", gab er blinzelnd zu. „Die Originalteile findest du in dem Papiertütchen, damit du ein wenig üben kannst, ehe du dich an das Edelmetall wagst." Und an Nick gewandt: „Danke für den heißen Tipp!"

„Aber gerne!", schmunzelte der.

Am Abend bereitete Lynn verschiedene Sorten Focaccia, Dips und Salate, denen sie bei einem guten Wein reichlich zusprachen. Marco wurde so lange gelöchert, bis er begann, ein paar lustige Schwänke aus seinem Leben zu erzählen.

Vincenzo hob eine Augenbraue. „Hast wirklich nicht wenig erlebt!"

„Deshalb denke ich, dass es langsam genug ist und ich sesshaft werden sollte", erwiderte Marco. „Ich habe vor zwei Tagen ein kleines Häuschen am äußersten Rand des Speckgürtels von Verona gekauft, welches ich Mitte Januar beziehen kann."

Applaus von allen Seiten.

„Sag, wenn du für irgendwas, irgendwen brauchst!", forderte Lynn.

„Hast du Fotos?", fragte Celestine.

„Habe ich. Aufgenommen mit der Drohne von Teresa Ciccone", grinste er vergnügt und stöpselte sein Handy an Nicks Videoanlage.

„Wow! Eine riesige Königsmagnolie!" Lynn war schon vom Grundstück hin und weg.

Das Häuschen war fast würfelförmig, hatte ein solides Satteldach, verfügte über zwei Etagen mit insgesamt 120 Quadratmetern Fläche und schien topp in Ordnung zu sein.

„Im Spitzboden werde ich zwei kleine Gästezimmer einrichten", überlegte Marco laut.

„Guter Plan!", rief Nick. „Ich weiß auch, wer dich dort auf alle Fälle heimsuchen wird."

„Ich bitte darum!", schmunzelte Marco.

Am nächsten Morgen frühstückten sie gemeinsam, dann fachsimpelten die Männer ein bisschen über Haus und Hof, während sich Lynn und Celestine hinunter in die kleine Werkstatt begaben. Celestine hatte in den letzten Wochen Lust bekommen, die vorhandenen Materialbestände von Vincenzos verstorbener Frau zu verarbeiten, und holte sich bei Lynn Anregungen und nützliche Tipps.

Von wegen, die Nachbarn werden erst eingeladen, wenn alles fertig ist! Die Silvesterfeier mit Nachbarn und Familie fand in Vincenzos Wintergarten statt, der um den freigelegten trockenen Pool erweitert werden konnte, weil die Schienen für Wandelemente und Schiebedach mit ein wenig Fett ihren vollen Dienst taten. Ein Warmluftgebläse sorgte für angenehme Temperaturen.

Hatte Celestine zuerst Bedenken gehabt, die gehobene Gesellschaft werde sie nicht akzeptieren, merkte sie rasch, dass sie, als ehemalige Firmeninhaberin ziemlich viele Trümpfe in der Hand hielt. Lynn hob ein paar Mal heimlich beide Daumen, was wirklich nur Celestine sehen konnte. Und selbst dann, wenn sie nur Marco Falconettis Schwester gewesen wäre, hätte sie einen großen Bonus gehabt, denn den kannte seit der Sache mit Nick und Lynn jeder.

So gab sie am Tag nach der Party auch bekannt, als Marco fragte: „Na, immer noch Minderwertigkeitskomplexe?"

„Ganz bestimmt nicht mehr. Bei machen Damen habe ich das Gefühl, die rühren sogar das blanke Wasser um, damit es im Topf nicht anbrennt", was die anderen zu Lachsalven veranlasste.

Vincenzo schmunzelte. Dass sich Celestine nicht verstecken musste, war offenkundig. Sie und Lynn hatten auch die ganze Nacht lang die Küche im Griff gehabt. Nick hatte sich um die Getränke gekümmert und Marco dazu verdonnert, ausschließlich Gast zu sein.

Das neue Jahr begann gleich nach dem Feiertag mit einem Paukenschlag, denn De Luca informierte alle über die Auslieferung Mario Bianchis an die USA, ehe es in den Medien breitgetreten wurde.

„Oh, in seiner Haut möchte ich nicht stecken." Lynn schüttelte sich angewidert. „Mit Mördern ist man nicht gerade zimperlich."

„Ich gönne es ihm", brummte Nick. „Sogar von ganzem Herzen."

„Was ich wiederum zu gut verstehen kann", fügte sie hinzu.

Für Ende Januar stand der Gerichtstermin gegen Teresa Ciccone fest. Die Beweisaufnahmen waren abgeschlossen, Rechtsanwalt De Luca bestens vorbereitet.

„Ich hoffe inständig, dass diese Person für lange Zeit aus dem Verkehr gezogen wird", erklärte Vincenzo.

Die Verhandlung musste mehrfach unterbrochen und sogar ein Mal vertragt werden, weil die Angeklagte Tobsuchtsanfälle bekam, wenn darüber gesprochen wurde, dass Lynn sie beobachtet und sogar in jeder Maske und Verkleidung unbemerkt gefilmt hatte.

„Ich weiß nicht, ob ich ihr eher das Gefängnis oder doch lieber die geschlossene Abteilung der Psychiatrie wünsche", sagte Lynn am letzten Verhandlungstag.

„Sie haben ja bei ihr paranoide Schizophrenie festgestellt", warf Vincenzo ein.

„Ich weiß nicht", murmelte Lynn. „Für mich sieht das alles nach sehr gutem Schauspiel aus. Die wusste doch bisher ganz genau, was sie tat."

„Wo steckt eigentlich Marco?" Celestine sah sich erstaunt um.

Marco tauchte erst wieder auf, als es schon fast zu spät war, um noch etwas zu ändern. Und er hatte zwei Männer im Schlepptau, von denen einer einem Haufen Unglück glich, der andere hingegen triumphierend in die Runde schaute, wobei er einen dicken Ordner in den Händen hielt. Beim Anblick der Männer wurde Teresa Ciccone aschfahl und erstarrte fast zur Salzsäule.

Eingedenk der bisherigen spektakulären Enthüllungen Falconettis, ließ man den neuen Zeugen, einen Privatdetektiv, zu und der zerlegte sämtliche Expertisen über die Verbrecherin in wenigen Augenblicken. Der bleiche Kerl, den Marco nicht aus den Augen ließ, war demnach der Gutachter, der aus sexueller Abhängigkeit von seiner Domina Ciccone, versucht hatte, sie für verrückt zu erklären, um ihr die Haft zu ersparen.

„Was habe ich vorhin gesagt?!", rief Lynn. „Für mich sieht alles nach Schauspiel aus! Da habt ihr den Beweis! Adé Klapsmühle!"

Der Übersetzer, den man ihr von Seiten des Gerichtes zur Verfügung gestellt hatte, bemühte sich, nicht zu schmunzeln, als er die letzten Worte ins Italienische übertrug.

„Wir sehen uns wieder!", zischte Ciccone, grün vor Wut, ihrem Sado-Maso-Sklaven zu.

Und diesmal musste sogar der Richter aufpassen, dass er nicht grinste, denn im Gesicht des Mannes stand deutlich zu lesen: *Ich war ungehorsam Herrin, bestrafe mich!*

Ciccone bekam eine langjährige Haftstrafe.

Nach dem Verlassen des Gerichtsgebäudes fragte Vincenzo Marco: „Wie hast du denn das wieder herausgefunden?"

Der zeigte blinzelnd auf seine Nase. „Nach dem ersten Tobsuchtsanfall und wie Lynn sofort darauf reagierte, habe ich recherchiert, ob die Dame jemals verhaltensauffällig gewesen wäre. Außer den gut geplanten Verkleidungen und Spielchen, die damit zusammenhängen. Bei Auffälligkeiten wurde ich allerdings anders fündig, als erwartet. Ich fand heraus, dass sie auf SM steht und einige interessante Persönlichkeiten auf ihrer Kundenliste hat. Das war der Punkt, an dem ich den Detektiv beauftragt habe. Der deckte auf, dass der angeblich unabhängige Gutachter ziemlich abhängig war, nämlich von seiner Domina. Und das, in dem vor Gericht geschilderten Maß, dass er alles für sie getan hat, auch zu lügen und zu betrügen, womit er sich jetzt selber auf der Anklagebank wiederfinden wird."

„Aha, du beobachtest mich also!", kicherte Lynn.

Marco grinste breit. „Aber sicher, weil dein Gespür genau so funktioniert wie meins. Und wenn du eine tausendstel Sekunde schneller bist, dann hake ich sofort am selben Punkt ein."

„Nicht, dass er jetzt auch ein Heiligenbild in Auftrag gibt", sagte Lynn trocken zu Nick, worauf wieder einmal schallendes Gelächter ausbrach.

„Fakt ist, für die nächsten Jahre dürfte nun wirklich Ruhe sein", seufzte Vincenzo zufrieden.

„Mehr hatte ich mir auch nie gewünscht, um mit Lynn in Ruhe leben zu können", freute sich Nick, seinen Arm um Lynns Taille legend.

„Ich werde mit Celestine eine vierwöchige Rundreise machen, damit sie alle Winkel Italiens kennenlernen kann", legte Vincenzo fest.

„Und wir werden uns auf unserem heimischen See herumtreiben, wann immer es geht", strahlte Nick.

Marco lachte herzlich. „Ich werde mein Häuschen genießen, abends auf der Terrasse sitzen, in die Sterne schauen, einen guten Wein trinken und mich freuen, dass ich nicht reisen muss."

Auf dem Weg nach Sirmione schaute Lynn Nick mehrmals von der Seite an, sagte aber nichts. Schließlich fragte er, was es denn gäbe.

„Weißt du, was ich gern nachts auf dem See machen möchte?", flüsterte sie.

„Ich denke, ich weiß es. Noch einmal den wilden Rotkleidchen-Sex mit dem Werwolf haben, mit Champagner und allem wie damals, als wir uns kennenlernten", antwortete Nick lächelnd.

„Genau das!" Lynns Augen strahlten auf.

„Wir werden es tun. Ich verspreche es dir. Schließlich hast du einen Ruf zu verlieren", schmunzelte Nick.

Dann lachten beide herzlich und sagten völlig synchron: „Den als unersättliches kleines Geschöpf!"

ENDE

Weitere spannende Liebesromane:

Band 1: ISBN 978-3-7494-7053-2 / Preis: 7,99 €
Band 2: ISBN 978-3-7504-0250-8 / Preis: 7,99 €

 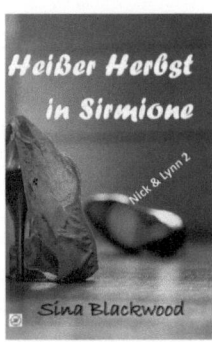

Band 1: ISBN 978-3-7412-8484-7 / Preis: 7,99 €
Band 2: ISBN 978-3-7431-7598-3 / Preis: 7,99 €

Band 3: ISBN 978-3-7460-1750-1 / Preis: 7,99 €
Band 4: ISBN 978-3-7528-8748-8 / Preis: 7,99 €
Band 5: ISBN 978-3-7460-7431-3 / Preis: 7,99 €

Noch mehr Buchreihen, Einzelromane und
Informationen unter:
www.reni-dammrich-geschichtenzauber.de
www.sinas-drachen.com